16	3	2	13
5	10	11	8
9	6	7	12
4	15	14	1

Matilde Campilho

FLECHA

histórias

editora 34

Editora 34

Editora 34 Ltda.
Rua Hungria, 592 Jardim Europa CEP 01455-000
São Paulo - SP Brasil Tel/Fax (11) 3811-6777 www.editora34.com.br

Copyright © Editora 34 Ltda. (edição brasileira), 2022
Flecha © Matilde Campilho, 2020/2022
Edição original © Edições Tinta-da-China Lda., Lisboa, 2020

A FOTOCÓPIA DE QUALQUER FOLHA DESTE LIVRO É ILEGAL e configura uma apropriação indevida dos direitos intelectuais e patrimoniais do autor.

Imagem da capa:
Cy Twombly, Interior, Picasso, Rome, *fotografia, 1980-2003*
© *Fondazione Nicola Del Roscio*

Capa, projeto gráfico e editoração eletrônica:
Franciosi & Malta Produção Gráfica

Revisão:
Cide Piquet, Beatriz de Freitas Moreira

1ª Edição - 2022 (2ª Reimpressão - 2024)

CIP - Brasil. Catalogação-na-Fonte
(Sindicato Nacional dos Editores de Livros, RJ, Brasil)

C339f
Campilho, Matilde
   Flecha / Matilde Campilho —
São Paulo: Editora 34, 2022 (1ª Edição).
352 p.

ISBN 978-65-5525-112-8

1. Narrativa portuguesa. I. Título.

CDD - 869.3P

Edição apoiada pela DGLAB -
Direção-Geral do Livro, dos Arquivos e das Bibliotecas

CULTURA
DIREÇÃO-GERAL DO LIVRO, DOS ARQUIVOS E
DAS BIBLIOTECAS

FLECHA

Prefácio à edição brasileira 7
Dardo ou flecha despedida 11

Flecha 23

Ilustrações 273
Pistas 305
Índice das histórias 343
Sobre a autora 351

Prefácio à edição brasileira

Terminei de escrever este livro nas primeiras semanas de 2020. Foi publicado nesse mesmo ano, em julho, em Portugal. Os dois anos que transcorreram parecem — por razões várias, algumas óbvias — muitos mais. Ainda assim decidi publicar o livro no Brasil mais ou menos inalterado. Retirei histórias que me pareciam sobrar, acrescentei duas que na época tinham ficado de parte. Nalguns textos alterei pontuação, uma palavra ou outra, posso até ter trocado a ordem dos acontecimentos em situações específicas. Fiz, a pedido da editora, algumas leves alterações à grafia, adaptando certos vocábulos ao português do Brasil. No seu âmago, parece-me, o livro mantém-se o mesmo: um conjunto de histórias independentes, em raros instantes ligadas entre si por correlações, e sempre conectadas pela passagem da flecha que as atravessa. Retratos imaginários de paisagens, animais, pessoas, gestos, incidentes. Deste tempo e de outro tempo. Alguns absolutamente inventados, outros nascidos de um qualquer acontecimento que de fato terá ocorrido.

Nesta nova edição há também a singularidade das "Pistas": uma lista de coordenadas para os pontos reais a partir dos quais partem certas histórias. E porque muitas delas surgiram da imagem — pinturas ou fotografias —, agora há na parte final um conjunto de reproduções que de uma maneira ou de outra se ligam intimamente aos textos. A última modificação é esta: o ensaio que antes fechava o livro, agora abre-o. Nele é que pensei a ligação entre as histórias mínimas e o tempo, entre o aparentemente banal e o fundamental, entre o sonho e o tangível. Quem pegar neste livro pode escolher ler este ensaio no começo ou no final, ou até mesmo a meio, que isso em nada atrapalhará.

Dois anos e tantas épocas separam este e o anterior lançamento da *Flecha*. Espero que ela ainda saiba planar.

Dardo ou flecha despedida

one by one the guests arrive
the guests are coming through
the open-hearted many
the broken hearted few

Leonard Cohen, "The Guests"

ressoou o arco, vibrou alto a corda, e apressou-se rápida
a flecha aguda, desejosa de voar por entre a multidão

Ilíada, IV, 125

As histórias vêm antes da literatura. Antes da palavra escrita, dos símbolos, do papel impresso, até mesmo antes das tábuas, as narrativas já cá estavam. E enquanto a primeira história tem a idade do primeiro movimento do mundo, a primeira história partilhada só pode ser contemporânea do primeiro homem. Seja qual for o seu nome ou até a sua proveniência, o que importa é que com ele começam as narrativas. A partir da primeira experiência nasce a partilha, e da partilha nasce a comunidade. Embora seja impossível saber quando foi que o primeiro ser humano contou uma história a outro, supõe-se que a primeira troca de experiência tenha sido transmitida de maneira gestual. Um homem apontou ao outro um galho, uma corrente onde a água era mais fresca, ou até mesmo um animal ao longe. Com sorte, o primeiro gesto foi um toque — fazia frio no princípio do mundo, quem sabe se o homem inicial não colocou a mão sobre as costas do segundo homem para assim o proteger do vento. Logo depois, ou talvez antes, um apresentou ao outro o fogo.

Em volta do fogo sempre se contaram boas histórias. Basta que a labareda se levante para que o rol de narrativas comece a desenovelar-se. Mesmo sem palavras, o crepitar do lume já é só por si um contador de histórias. Imagine-se uma fogueira a arder sozinha, no mato, sem nenhum ser humano por testemunha: aquele ruído da madeira a queimar lenta, com os seus estalidos particulares, contém um dialeto específico, uma conversa, um linguajar antigo que vai contando as coisas devagar. Talvez seja por isso que, quando o humano se chega perto, acontece-lhe logo uma necessidade forte de dar continuidade à conversa. Perto do fogo as histórias nunca começam num ponto, elas apenas pegam num sinal qualquer que já lá estava. Junto ao fogo não há tempo, nem século, nem sequer a hora fixa. Frente ao fogo, todos somos ouvintes.

Muito depois do átomo solitário a expandir-se, depois do levantar do fogo e das estrelas dissipadas, nasceu nalgum lugar um leito. Primeiro, quem sabe, feito de um molho de folhas estendidas no chão, ao relento. Mais tarde um tecido forte atado entre duas árvores, e mais tarde ainda a cama, construída a partir da madeira que um dia ardeu nas chamas, e que com certeza num outro dia voltará a arder. Sobre cada um desses leitos uma mulher ou um homem contaram histórias. Por vezes um ao outro, outras vezes a si mesmos, em surdina. Ulisses regressa a Ítaca para se deitar na cama que ele mesmo esculpiu na oliveira, e é só aí, em posição horizontal e de corpo despido, que Penélope o legitima por inteiro. Depois do reconhecimento, Ulisses baixa as armas e conta à esposa as peripécias da viagem. Já Ismael, personagem introdutória de *Moby Dick*, partilha o leito com um selvagem *antes* de se lançar ao mar. A estranheza inicial que aquele homem de corpo tatuado lhe havia causado quando tudo ainda era confuso é resolvida e desfeita quando os dois se deitam na mesma cama de estalagem. Conta-nos Ismael: *Não sei por quê, mas a verdade é que a cama é o lugar mais propício para os amigos trocarem confidências. Diz-se que os casais põem a alma a nu, e que os mais velhos ficam até de madrugada a conversar dos tempos passados.* Não por acaso, é no lugar prévio ao sono que as melhores histórias brotam sem nenhum entrave, e é aí que cada mulher e cada homem se reconhecem. Depois disso, já se sabe, basta que fechemos os olhos para subir as escadas que vão dar ao sonho. Aí, nesse outro território, qualquer um de nós entra sozinho. O terreno onírico é fértil em imaginação, de alguma maneira também em memória, em invenção, mas mais ainda em instrução. Nos sonhos, durmamos nós a oriente ou a ocidente, recebemos a sabedoria que é constante em qualquer mundo. E, para que nos seja mais fácil entender as dicas, elas apresentam-se aos nossos olhos fechados em forma de narrativas mais ou menos lineares.

Na pintura também os homens se reconhecem. Foi no final do verão de 1940 que Marcel Ravidat, então um adolescente, saiu para passear na mata com o seu cão Robot. O menino e o cachorro costumavam vaguear juntos ali pelos arredores de Montignac, em França, não exatamente para achar cogumelos, mas só pelo gosto de caminhar. Naquele dia as coisas não correram como de costume, e Robot caiu num buraco. Ao tentar resgatá-lo, Marcel apercebeu-se de que a cova era bem mais funda do que parecia: para lá do buraco estava uma caverna. O rapaz ficou tão curioso que uns dias depois regressou com três amigos para explorar o lugar. Estavam certos de ter-se deparado com o X que marca o tesouro, e com certeza esperavam desenterrar ali joias perdidas, coroas várias, talvez os esqueletos dos piratas. Mas afinal o brilho do tesouro — como pôde comprovar o professor que mais tarde os acompanhou — era outro. Naqueles corredores subterrâneos divididos por salas, estavam os bois. E os cavalos. E os cervos. E as cabras, e outros tantos animais. Na caverna, pintados nas paredes, estavam desenhos com dezessete mil anos, feitos à mão pelos homens primitivos. Naquela tarde de verão do século XX, embrenhados na mata de Montignac, os rapazes puderam receber uma história de milhares de anos. Não a leram, não a escutaram. Bastou-lhes estar na presença dela para a receberem. Assim terá sido também quando ela foi pintada: sem palavras, quem sabe sem qualquer som emitido, um homem contou uma história. Ao outro, a si mesmo, ou à caverna.

Quando John Singer Sargent, em 1919, completou a pintura *Gassed*, que representava dezenas de soldados feridos na direção de um hospital de campanha, já havia antes esboçado um número sem fim de desenhos que revelavam cada um dos homens sozinhos. Alguns estavam vendados, outros tinham simplesmente a cabeça baixa, outros ainda faziam-se representar apenas por uma mão caída, derrotada pelo gás da Primeira Guerra. Em cada esboço, uma história única. É porque a pintura figurativa representa uma cena, um momento aparentemente congelado no tempo, que não conseguimos afastar dela o olhar. O mesmo acontece com as inscrições nas medalhas, ou até com um verso de uma canção — cenas únicas, isoladas do resto, afetam-nos como nos afeta um golpe de ar. Algumas dessas cenas penduramos na parede, outras levamos ao peito, outras ainda (como fez Queequeg, o companheiro de leito de Ismael) tatuamos no corpo para que logo pela manhã as recordemos. Certas passagens, certos acontecimentos, são como santuários privados. É certo que uma mulher quando nasce, ou um homem, inaugura logo um. O mesmo vale para a morte, então talvez se possa dizer que cada homem e cada mulher pisam pelo menos dois santuários durante a vida inteira. No caminho entre os dois, há outros.

Para alguns de nós o lugar sagrado está ligado à religião e é edificado na pedra. Para outros é uma árvore no deserto. Para outros ainda, o deserto apenas. Antão foi para o Egito pastorear os animais e desviar-se do centauro, e depois disso vários peregrinaram até ao seu lugar para melhor se dedicarem ao monasticismo. Foram tantos os que o seguiram que, à data da sua morte, e segundo Atanásio de Alexandria, "o deserto se tinha tornado uma cidade". Caminha-se sempre para algum lugar. Às vezes, como no tempo de Santo Antão ou do Homem de Lascaux, esse lugar é mais tarde consagrado. Pode não ter um símbolo inscrito nele — uma cruz, uma estrela, uma mandala — mas está, quem sabe, santificado por um gesto. Já sobre o asfalto da cidade, uma mulher atravessa a rua às três da tarde para chegar à praça onde marcou encontro com alguém: ao aproximar-se do destino, olha o homem no rosto. Às três horas a mulher chegou ao santuário, um que é intermédio entre a vida e a morte. Quem passe por aqueles dois na praça àquela hora, não dá pela inauguração de um lugar — alguns espaços sagrados, abençoados, ou simplesmente invioláveis, são patrimônio privado. Vêm de um gesto mínimo, de aparência indiferente, à partida quase inútil. Surpreendentemente são fundamentais. Para além dos humanos que os guardam na memória, só a flecha os reconhece. A flecha é que atravessa tudo.

Cristina Campo, no seu texto "Dardos em direção ao céu", explica-nos a ligação entre flecha e oração. Sendo a maioria das preces católicas feitas de longas sentenças, existe uma exceção à regra que pode ser comparável a um suspiro. Chamam-se jaculatórias. São recitações de fé, vão dirigidas aos santos ou à Virgem, e costumam ser rematadas com um *rogai por nós* ou um *dai-nos a paz*. Na maioria das vezes são pedidos de intercessão, mas podem só surgir como uma confirmação de amor e devoção. São Francisco, por exemplo, repetia a noite inteira um *Meu Deus e meu tudo*. O amor pelo amor. As jaculatórias, como uma flecha, são lançadas ao alto e ao alvo preciso. Não circulam, não são adeptas de rodeios, simplesmente se atiram diretamente do coração dos homens ao coração de Deus. Têm o tempo de um batimento cardíaco, e ainda assim conseguem conter em si a força suficiente para atravessar paredes e atmosfera: num segundo vão da terra ao céu. Talvez a eficiência das jaculatórias se deva à sua simplicidade. Elas não só fazem uso do que é mais natural no homem, a respiração, como ainda contêm em si o poder do resumo. Cada jaculatória conta uma história longa, seja de um santo ou de uma mulher guerreira. Quando um crente repete com ardor a frase *Doce coração de Maria, sede a nossa salvação*, conta a si mesmo e a quem estiver para ouvir a história de uma mulher que deu à luz o homem — um que ainda havia de ser de todos, mas que na hora do parto a acompanhou na solidão, no sobressalto, e no frio de um estábulo. Ou relembra a vida de um santo que mergulhava cabeças na água como sinal de purificação, e que no fim teve a própria cabeça entregue numa bandeja. Jaculatórias são desejos. De paz, de oblação, de inspiração e de fé. Mas são também histórias orais, que pela sua repetição a viva voz prolongam acontecimentos no mundo. Dizendo nomes, confirmamos o nosso amor pela carne que os nomes habitam. Em latim, a palavra *jaculum* refere-se sempre a alguma coisa que se atira. Uma lança, um dardo, um javelim, um arpão. Portanto, e ainda segundo Cristina: *dardo ou flecha despedida.*

Já Charles M. Schulz fazia certo uso das jaculatórias. Basta pegar num daqueles livrinhos do Minduim de capa mole, deixar cair os olhos sobre o título, que alguma coisa logo acerta em nós. Não é difícil encontrar um desses livros. Existem aos pontapés em qualquer banca de feira, e vêm em todas as cores — amarelos, azuis, vermelhos. Reconhecem--se facilmente por trazerem Charlie Brown ou algum dos seus amigos na capa. Lucy, Linus, Schroeder, Peppermint Patty, e acima de tudo Snoopy. Este último, aparentemente a mascote de Charlie Brown, é perito em confundir o dono. Como todas as mascotes, acaba por mandar mais do que é mandado. Charlie oferece-lhe todas as noites um prato de comida, o que leva muitas vezes Snoopy a fazer uma dança de contentamento. Dança tanto que Brown se questiona sobre se estará a alimentar Fred Astaire. É por Charlie Brown ser tão dado às interrogações, e por andar tantas vezes cabisbaixo, que os títulos dos livros dos Peanuts são feitos de vocativos simples, plenos de coragem, como flechas. Coisas do tipo: *És um homem valente, Charlie Brown*; *Tu és tu,*

Charlie Brown; Tu consegues, Charlie Brown; Toca outra vez, Charlie Brown. Basta que passemos os olhos pelo título de um livro de Schulz, que logo cai em nosso colo uma história com princípio, meio e fim.

Uma flecha é quase sempre feita de asa. Há flechas com ponta de osso ou de dente de tubarão, flechas com ponta de obsidiana, de chifre de veado, de espinho de palmeira, ponta de aço ou de alumínio. Mas, no vértice oposto, o que se apresenta são as penas. Por virem dos pássaros, elas é que conferem à flecha o ponto certo da velocidade. É também dos pássaros que vem a ginga, a facilidade de deslize, e uma coloração que, a cada pena, é única. Quanto à linha central da flecha, essa costuma ser feita da madeira que vem da árvore. Todos nós, conforme o lugar onde nascemos e crescemos, somos acompanhados por esta ou aquela árvore. Onde eu moro há pinheiros-mansos. Comecei por julgar que passava por eles, fosse eu a pé ou de bicicleta, até que entendi que os pinheiros-mansos é que passavam por mim: antigos, sábios, serenos, ao mesmo tempo sempre expectantes. As árvores, afinal, chegaram primeiro. Vieram para nos preparar o caminho, e algumas ficaram para nos ver crescer. Certas árvores, como aquela que foi batizada com o nome de Matusalém, já viram nascer e morrer milhares de nós. Sempre imaginei que os deuses gregos, antes de partirem para a batalha, gostavam de correr sozinhos e a grande velocidade entre os pinheiros. Penso nalguns deles assim, de colete aberto e descalços, a pisar velozes a caruma que cobre certos caminhos mediterrânicos. Consigo logo sentir o odor dos pinheiros no verão, e vejo como o colete aberto fica sempre um pouco para trás do deus que corre — por causa do vento e da velocidade da deslocação, o corpo vai à frente do linho. No linho fixam-se, desde há milhares de anos, as histórias e até os mitos: dá para pintar sobre o linho, dá para vesti-lo, dá para engolir a sua semente. Tal como acontece com as histórias, ele transforma-se muitas vezes num objeto. Os objetos são fundamentais para fazer a ponte entre memória e fantasia. De vez em quando acontece — por desejo ou distração — que um desses objetos que tanto respeitamos seja a flor. Colhemos as flores e guarda-mo-las para mais tarde, dentro de um livro ou empoleiradas na orelha. Com o tempo, já se sabe, qualquer flor fresca vira uma flor seca.

Plínio, o Velho, no seu longo elenco de recomendações, sugere que se use a peônia como arma branca contra os pesadelos provocados pelos faunos. A explicação já vinha até em Homero: conta-nos o poeta épico que o médico dos deuses era Péon, e que foi ele quem, encostando-lhe a flor, curou Ares dos seus males. Pode ser que no século XXI o gesto de encostar a flor ao corpo ainda faça bastante por nós. É por isso que é bom morar em solo de rosa-albardeira, e, volta não volta, chegar-se perto de uma. A *Paeonia broteri* é uma espécie de peônia, endêmica, que cresce apenas entre Portugal e Espanha, muitas vezes na montanha. Na montanha arde sempre algum fogo, assim como há um fogo mantélico a queimar contínuo no coração da Terra. Dele, acredito, foi disparada a primeira flecha. Que, desde que foi desferida, avança na terra e no tempo. Vai para a frente, sem que esse movimento a impeça de se curvar ou de girar. De todas as coisas por onde passa — seja o cabelo de um homem, o gesto de uma mulher, ou alguma pedra ou açucareiro — ela leva sempre alguma coisa. No fim, a existir um fim, a flecha há de acertar de novo na crosta terrestre. Ao aterrar será como a semente que cai no solo. Plena de trejeitos e de sustos, de carícias e melancolias, de acordes musicais, de segredos, desenhos, estátuas e santuários: a flecha há de cair na terra, para semear a Terra de Terra outra vez.

* * *

Já referi antes que guardei a parte final deste livro para a seção das "Pistas", onde levanto o meu chapéu a várias figuras que fui observando ou escutando, e que acabaram por entrar em certas histórias. Mas há um deles que não aparece no glossário, e a quem não posso deixar de referir: Philippe Petit. Foi agarrada ao arame sobre o qual ele caminha que pude descobrir a flecha. O arame de um funâmbulo é um objeto que se desenvolve entre uma ponta e outra, que aparentemente tem começo e fim, mas que vale pela sua extensão. No seu *Tratado de funambulismo* descobrimos que, no âmago do arame, da corda, do cabo do equilibrista, há alguma coisa que canta. Podemos caminhar sobre isso, ou junto a isso, ou ainda descansar sobre isso. A tarefa do repouso não é fácil porque é preciso passar algum limite. Mas *além desse limite* — diz Petit — *milhões de feitiços, não isentos de medo, esperam por ti.* Com a flecha sucede a mesma coisa. Podemos passar a vida inteira a tentar decifrá-la, podemos desviar-nos dela ou segurá-la com unhas e dentes tentando exercer sobre ela algum controle. Nalguns dias há sucesso. Noutros, seja num minuto de desatenção ou até de tristeza, arriscamo-nos mesmo a levar com ela no olho. Não importa. A flecha que atravessa o mundo nunca desaparece, não desiste, não fecha a porta na cara de ninguém. Ela apenas existe, assobia, plana sobre tudo sem ceder a pressões humanas. Milhões de feitiços, não isentos de medo, esperam sempre por nós. Que bom que é poder deixá-los à cabeceira, enrolados no cabo ou na flecha, e apontar os sonhos ao dia seguinte. Entre o sono e a vida, um dia de cada vez, caminhando sobre a caruma, vamos escutando e contando as histórias. Uns aos outros, a nós mesmos, e àqueles que vêm depois de nós.

O siroco lambe a copa de um pinheiro-manso. A árvore tem cinquenta e oito metros de altura, um e meio de diâmetro.

Um homem leva a mão ao peito e repete quatro vezes o nome do seu irmão.

Quarenta mulheres enchem durante um dia inteiro os sacos de serapilheira com sementes de aveia.

Um cigano percorre a pé uma estrada de terra, toda rodeada de carvalhos. No ombro leva pousado um grilo, que canta durante a viagem inteira. Já estão nisto há vários dias. E ainda têm, o grilo e o homem, um par de dias pela frente.

Chamam-lhes os habitantes do vulcão. A sua aldeia, olhe-se por onde se olhar, é sempre pontuada pelo cume da montanha quente. Quando lhes perguntam se preferem o cone quieto ou em erupção costumam decidir-se pela erupção. Segundo os habitantes do vulcão, é melhor ver a lava do que não a ver. Eles sabem que o magma, os gases e as poeiras estão sempre ali. Com a lava viva e escorregadia podem pelo menos escolher por onde caminhar, onde estender a roupa, sobre que pedra sentar-se de manhã a tomar café. Os vulcanenses sabem que mais vale um fogo vivo e ativo, companheiro e distribuidor de segredos, do que as invisíveis e poluentes partículas de uma explosão contida.

Um avião que já iniciou o seu trajeto há mais de oito horas começa finalmente a sobrevoar os arredores de Metlakunta. É noite, e nenhuma luz indiana interfere com a fluorescência das lâmpadas de leitura do lugar 12C. Nele, bem sentada, uma mulher vai mexendo devagar e com os dedos as pedras de gelo dentro de um copo. Além do comandante ela é a única acordada. Só os dois estão conscientes do estado de solidão que ainda lhes falta cruzar até ao destino.

De longe o apicultor observa o comportamento de uma abelha. Tem dificuldade em fixá-la num ponto. Pela forma frenética como voa ele percebe logo que aquela é uma abelha bastante nova, ainda não fecundada. O apicultor sorri. Achou uma rainha jovem no meio da confusão da colmeia. Aproxima-se, sempre com os olhos fixos nela para não a perder. Se dúvidas tivesse, de perto confirma logo a suspeita: tem o tamanho intermédio entre uma operária e uma rainha madura, e o corpo já pronto para o duelo. O apicultor retira-se, deixando a abelha entregue à própria força e ferrão, torcendo para que ela sobreviva à luta e para que daí a um tempo chegue a ser a mestra, a fértil, a dona do aguilhão contínuo, a mãe que um dia ensinará as outras abelhas a contar.

Um rapaz de calções vai subindo a montanha de Ararat. Fá-lo àquele passo apressado próprio da idade. Vê-se que não tenciona parar de caminhar, nem quando chegar ao pico. Mas quando o alcança, afinal, a criança tem mesmo que parar. Não por cansaço, nem porque uma montanha termina no seu ponto mais alto. O rapaz para porque, ao caminhar descalço, uma lasca de madeira se espeta no seu calcanhar. Então senta-se no chão, coloca o pé sobre o joelho, e tenta espremer com dois dedos a farpa. Encosta as unhas dos indicadores esquerdo e direito uma na outra, e aperta. Consegue tirar aquilo e segue o seu caminho até casa. Quando chega ao quarto, por causa do calor de verão, o rapaz atira a roupa toda para cima da cama e vai molhar o rosto. Nem repara na mancha úmida que ficou nos seus calções, abandonados agora sobre a colcha. E nem sabe que a mancha vem do líquido que lhe saiu do calcanhar quando espremeu a farpa: junto com o pedaço de madeira saiu água do mar e água da chuva, saiu vento, saiu baba de corvo e de pomba, saiu óleo de oliveira.

O mágico abre o casaco de couro e no bolso interior esquerdo enfia a varinha de condão. Fá-lo com a mão direita. Essa é sempre a mão que ele usa para arrumar a varinha, é aliás a mão que usa para fazer seja o que for com o objeto negro e branco. A única ocasião em que agarra a varinha com a mão esquerda é quando realmente quer fazer magia. Ele pratica a magia desde criança, elabora tudo com muita atenção, e geralmente as coisas acontecem de fato mágicas conforme os seus desejos. Mas ele também sabe isto: para que a magia suceda, é preciso deixar que a casualidade faça das suas. O mágico é destro, e por isso sempre que faz magia com varinha ele usa a mão esquerda.

Dois adolescentes equipados com óculos de mergulho e pés de pato nadam há meia hora na dolina formada numa das bordas da cratera Chicxulub.

A primeira zona da casa a arder foi a dos claustros. Era uma casa dessas, com abóbodas, galerias, espaços abertos que davam para um jardim ao centro. Não estaria errado chamar-lhes vários jardins, já que a erva se desenrolava furtivamente e ia formando espaços próprios, onde de vez em quando surgiam estatuetas em mármore de Carrara — algumas entre canteiros, outras escondidas dentro de apertadas clareiras que as grandes folhas de *Monstera deliciosa* inauguravam a seu bel-prazer. Tudo isto ardeu praticamente ao mesmo tempo que arderam os claustros. Deve ter começado ali o fogo, mas é impossível agora saber como. Ninguém viu surgir sequer uma fagulha, uma luz que fosse, não se ouviu o crepitar, e nem mesmo deu para escutar aquele vento grave que costuma ocorrer no interior das labaredas quando elas se levantam de repente. Folhas de palmeira, cíclames, jasmim, erva-cidreira — se estivesse alguém em casa teria sido impossível não sentir pelo menos o odor de tanta erva a queimar. O linho das toalhas ardeu também. Havia mais do que uma toalha. Durante o verão cobria-se a mesa de granito com toalhas: por ser dia de muda — e por isso significar trocar, sempre à quarta-feira, lençóis das camas, guardanapos, roupões turcos, panos de cozinha —, também as toalhas estavam prontas para a permuta. Uma delas, a que estava já velha de uma semana e revelava as marcas do vinho e da mostarda, estava amarfanhada sobre a mesa. Havia outra, dobrada, imaculada, assente sobre um dos bancos corridos onde por costume a família se sentava para comer. Os bancos eram de madeira e também arderam de imediato, assim como duas cômodas colossais, uma delas já por duas vezes restaurada, de tal forma que o marceneiro costumava fazer por nem passar perto da casa quando sabia que alguém lá estava. Tinha uma hérnia antiga a recordar-lhe no corpo o quão difícil pode ser arrastar um colosso desde os claustros até à oficina. As cômodas, devidamente restauradas, ficavam sempre nos claustros, porque se chove na madeira, é um problema para a preservação. Nesta quarta-feira, uma chuvinha que fosse não ficaria nada mal. Não choveu, não chovia há meses, e por causa disso o fogo seguiu à vontade. Depois de lamber caules, folhas, pétalas, pedras, linho, madeira e talheres de plástico (que a família guardava em segredo nas gavetas de uma das cômodas), o fogo entrou pela casa sem que ninguém desse por isso. Não estavam em casa. Ainda não estão, saíram todos para algum encontro de marujos. Há gerações e gerações que a casa pertence a uma família de gente do mar, e uma vez por ano os mais velhos levam os mais novos até à água para ensinar-lhes os truques das cordas. Também na casa existem cordas, algumas emolduradas em vidro duplo para que se possam observar diariamente os nós, outras que caem dos cortinados e assim fica mais fácil abri-los de manhã. Agora todas as cordas já arderam. O fogo superou os claustros e entrou na casa pela sala, passou pelo veludo dos sofás como um engraxador que puxa o lustro aos sapatos de um homem desatento, quebrou vidros de janelas e caixilhos, queimou fotografias coloridas e a preto e branco, tornou a prata preta, e fez do tapete kilim uma pista de corrida que num ápice levou a chama ao corredor. O incêndio está no corredor. É uma massa compacta e furiosa, como uma daquelas bolas de fogo que têm sido reportadas no mundo pelo menos desde 1638, quando durante uma tempestade elétrica uma delas entrou na catedral inglesa e matou quatro pessoas. Este fogo não matará ninguém, não está ninguém em casa. Mas agora a bola segue pelo corredor, e vai queimando à sua passagem todas as telas marítimas que durante mais de cem anos foram passadas de geração em geração. Uma delas, a que queima neste preciso momento, dizem ter sido pintada de memória por Joseph, mais conhecido por William, e revela tudo o que pode revelar uma paisagem de tempestade no mar, quando um homem observa a tormenta atado a um mastro, sem virar o rosto à fúria.

Nu, de braços abertos, António ajoelha-se na frente de um baobá.

De madrugada, acabada de chegar a casa e ainda de sobretudo amarelo posto, Rosie abre o frigorífico e retira lá de dentro um frasco. Roda-lhe a tampa. Aquele *pop* de descerramento anula de imediato os sons graves e metálicos de um dia inteiro. Encosta-se à bancada da cozinha, cruza uma perna sobre a outra, enfia o dedo no frasco. Fecha os olhos. Leva o dedo à boca e chupa aquela matéria espessa, doce, confortável. Deixa que a manteiga de amendoim se derreta devagar na sua língua, como uma vitória. Porque de qualquer triunfo escorre sempre alguma mancha, um bocado da manteiga de amendoim cai do frasco e aterra no tecido amarelo. Rosie encolhe os ombros e prossegue com o merecido estado de êxtase de fim do dia. Depois tira o dedo da boca, descruza as pernas, arranca o corpo à bancada e fecha o frasco. Coloca-o de novo no frigorífico. Despe então o sobretudo, que atira para a cadeira, e vai deitar-se no sofá. Adormece ali, com a roupa do dia conseguido, sem nem lavar os dentes.

É filho de pai húngaro e mãe romena. Não é mais a criança que foi carregada ao colo por um punhado de países em muitas noites de muita chuva. Hoje é homem feito, pai de cinco, mora numa aldeia um pouco a leste de Asgabate. Todas as tardes vai ao poço buscar a água que hidratará a sua mulher e a descendência dos dois. No exercício de puxar a corda que carrega o balde que carrega a água ele pensa em muitas coisas, sempre diferentes. Mas quando a água chega à altura do seu corpo ele repete todas as tardes o mesmo gesto: encosta a testa ao balde e escuta devagar o marulhar líquido repercutir na sua cabeça. Depois diz, como agora, a palavra Danúbio.

Sergei perguntava-se muitas vezes onde raio dormiriam os mosquitos durante o dia. Passara a noite inteira numa luta titânica com um deles. Como é costume, o mosquito vencera o homem, e pelo ponto do ouvido. Esta manhã, enquanto mexe o café e espera o pão saltar quente da torradeira, ele não procura mais nada a não ser o inseto. E apesar do sono que já parece vencê-lo mesmo antes de o dia automático começar, Sergei afinal dá graças por ter saído derrotado da batalha noturna. É que o homem tem o costume de passar a vida em revisão todas as manhãs. E hoje, por causa da minuciosa busca por aquele mínimo animal alado entre as prateleiras da cozinha, não pensa nem na sua ex-mulher, nem no pai morto, nem nas prestações ao banco, e muito menos na terrível suspeita que sobre ele paira em tantos outros dias, aquela que lhe sussurra que a alegria (a verdadeira, a aniquiladora da derrota) ainda está por chegar.

Um batalhão de criados está alinhado junto ao gradeamento da casa grande. Estão sentados, cada um deles, numa cadeira de pinho e verga. Aparentemente não observam nada, embora tenham todos o olhar fixo na frente. Mas a rapariguinha que os espreita de longe, filha de um deles, sabe que o que fazem ali é o inverso de uma espera — os criados observam a poeira que resta do galope dos cavalos que atravessam a cidade com os soldados na garupa. Tudo aquilo que resta, como bem sabe a rapariga, provém de um lugar muito posterior à espera. Vem depois da ansiedade, do nervosismo, da confirmação e assombro, do relaxar dos joelhos e dos maxilares. O batalhão de criados fica ali sentado ainda por várias horas, olhando a cauda empoeirada que sobra sempre de qualquer acontecimento veloz e emocionante. A rapariguinha, essa, não vai deitar-se sem antes podar os canteiros. Só por esta tarde, e por amor, ela faz o trabalho de seu pai, o jardineiro do batalhão.

Uma girafa espreita por cima de sete copas de acácia. Não sente frio nem sente calor. Não tem sede nenhuma porque bebeu água há poucos dias, mas sente, isso sim, bastante fome. Observa o verde amarelado da árvore mais próxima, e, esticando a língua sem esforço, agarra a folha a meio metro do seu rosto. Prossegue então o caminho entre as copas, sem sentir frio, sem sentir sede, sem sentir calor, sem mais sentir fome.

No banho, enquanto se lava, Maria Luísa esfrega sem querer um sinal de nascença do tamanho de um caroço de azeitona.

Com olhos de camponês, Constantin observa um pedaço bruto de bronze. Está sozinho no estúdio e em silêncio. Lá fora Paris ruge. Mas com o rosto entregue à matéria Constantin só consegue escutar aquilo que sai pelos poros dela: água, vento, corrente constante e imortal. *O bronze está vivo*, pensa, *só à espera de ser libertado*. De repente França já não é mais França, Paris e a sua festa adiam-se em suspensão, e o escultor pode ouvir perfeitamente um pássaro romeno à luta para ser descativado daquele bloco. Já o conhece. De mãos limpas sobre os joelhos, o homem sussurra: *Maiastra*. Pega depois no prego e no martelo e, em movimentos breves, esculpe um pássaro dourado na massa. Quanto mais o homem crava o ferro nela, mais o bicho se levanta. Então o silêncio geométrico é ocupado por uma canção mágica, primitiva, brilhante e capaz de restituir a visão aos cegos.

Num campo de batalha, no escuro, um soldado vivo coloca a mão no rosto de um soldado morto. Fecha-lhe os olhos, beija-o na cabeça, sussurra-lhe três palavras no ouvido ensanguentado. Cheio de medo, prossegue o seu caminho sobre a lama.

A família está toda reunida na cozinha e em volta da braseira. Enquanto conversam vão arrancando bocados do chouriço, do pão, do toucinho. É a hora do jantar. Com eles a última refeição do dia fez-se sempre assim, pelo menos no inverno. Vão chegando cada um à sua hora, penduram os casacos nas cadeiras vagas, atiram as luvas para a bancada, colocam os gorros onde der e vão-se chegando ao fogo. À medida que os corpos agarram o calor, agarra cada um deles também um banco e sentam-se de maneira mais ou menos circular. A tábua que carrega os alimentos vai passando de uns para outros, e enquanto contam histórias sobre o dia na fábrica, eles comem e bebem o que há. Para beber há quase sempre o vinho quente, que ainda é a melhor maneira de suportar o inverno minhoto. Esta noite o último a chegar é Paulo, o mais novo. *Costurei vinte e oito sapatos e ainda faltam mais doze*, diz, enquanto beija a cabeça da mãe e lhe põe na cabeça o gorro que tirou da sua. A mãe ri, e enfia-lhe logo um pedaço de pão quente na boca. Paulo ocupa o último banco vago, e atira os doze sapatos para o monte. É lavor para mais tarde. A mãe, a única que não trabalha na fábrica porque é cozinheira nesta mesma casa, ajeita o amontoado de sapatos antes de subir as escadas com as travessas de peixe na mão. *Levo isto lá acima, mas assim que descer quero ouvir ainda o que fizeram hoje os meus outros dois filhos, e já agora também o meu marido*, diz ela antes de fechar com um pé a porta atrás de si. O marido ajeita as brasas. O filho mais velho arranca com a mão esquerda um pedaço ao pão, enquanto com a direita remata à tesourada a costura de só mais um sapato. A filha do meio cose um outro. Paulo, esse, antes de recomeçar o trabalho deixa ficar os olhos fixos no fogo por um bocado. Depois avança para a montanha de sapatos, coloca um deles no colo, e põe-se a coser outra vez.

Sob a réplica estatuária de Davi, numa noite de agosto, um rapaz de linhagem judaica toca na guitarra uma canção popular britânica. No vértice oposto da escadaria do Palazzo Vecchio, uma rapariga de sorvete na mão observa os seus olhos muito azuis em contraste com o mármore branco. Antes de se aproximar dos dois corpos masculinos ela já sabe: aquele postal florentino ficará cravado no seu peito de mulher para sempre, muito para lá da erosão da pedra e do desejo.

Um equilibrista estica uma corda de aço entre uma árvore e outra.

Rômulo, sozinho num alto monte, desenha com o bastão um espaço retangular no ar primeiro, na terra fértil depois. Veste um manto orlado de púrpura. Assobia para chamar os pássaros, mas os pássaros não vêm. Por ser um experimentado áugure aprendeu há muito tempo a saber esperar. Senta-se então ao centro do retângulo empoeirado e fica ali quieto — não fala, não assobia mais, praticamente nem respira. De súbito um pássaro surge no alto e começa a rodar em círculos sobre aquele corpo púrpura emoldurado. Depois deste chega um outro pássaro, depois outro, e ainda outro. São doze os pássaros que agora voam no ar que sustenta aquele retângulo na terra. De soslaio, Rômulo deita um olho ao monte ao fundo e vê seis pássaros. É então que se levanta, sacode o pó do manto, e espeta o bastão ao centro das quatro linhas. Embora seja ainda invisível, há uma bandeira vermelha e amarela atada no bastão, desfraldada ao vento. Rômulo ajeita-a devagar, deixando com esse gesto pingar na areia duas gotas de sangue fraterno. E uiva, como um lobo.

Iluminado apenas por uma lâmpada azul daquelas que atraem moscas e depois as queimam vivas, um homem amassa o pão de madrugada. Um rapazinho bêbado toca-lhe à porta pedindo por favor dois bolos quentes. O homem, limpando o suor da própria testa e enfarinhando sem querer o pescoço nu, faz silêncio e não abre.

Tem aquela coisa no meio dos dentes. Uma falha. Um espaço. É assim desde que lhe nasceu a dentição definitiva. Quando era miúdo a sua boca era como todas as outras bocas, tinha os dentes de leite mais ou menos no lugar, muito brancos e absolutamente inofensivos. Banais, mesmo. Quando queria brincar ele brincava com as coisas habituais. Usava as mãos para simular bichos projetados a contraluz numa parede, usava os pés para dar toques na bola, usava um ombro para provocar o ombro do seu irmão mais velho. Mas a partir do momento em que os dentes novos lhe começaram a crescer, as coisas mudaram de figura. Entre um incisivo central e outro, um espaço. Diastema, disse-lhe o dentista, mais ou menos fácil de corrigir. A sua mãe levou as mãos à cabeça por conta do preço da correção, mas ele logo pegou nelas e simulou com isso um bicho a quatro mãos. Era um cavalo. Os cavalos, descobriu ele mais tarde, por serem mamíferos também se lhes separam os dentes de vez em quando. Hoje é adulto e não inventa mais bichos na parede. Deixou de ter tempo para o futebol porque acaba o trabalho às oito horas, nem sequer dá toques de ombro no mano porque o mano se mudou para a Suíça. Mas ele ainda sabe brincar. São dez da noite agora, já fez o próprio jantar e até já o comeu, e está sozinho na casa de banho a lançar esguichos de água na frente do espelho. É muito fácil: respira fundo, enche a boca com o líquido que tiver à mão, abre os lábios de dentes cerrados, e cospe. Hoje o que ele projeta é só água e pasta de dentes, mas ainda assim o esguicho é perfeitinho. Depois do disparo, ri. Ri como se tivesse nove anos, e ri como se fosse — talvez seja mesmo — o homem mais bonito do seu bairro.

No rio Amazonas uma ariranha nada de costas, a favor da corrente. Tem a cabeça toda fora da água e, de olhos mamíferos bem postos no céu, mastiga devagar uma piranha.

Dois homens atam as pontas de um enorme lençol branco a uma estrutura feita de paus, montada na praça principal da aldeia. Enquanto eles trabalham, um bando de miúdos de calções, descalços, vão-se sentando nas cadeiras que cada um trouxe de casa. Estão ansiosos. A maioria dos rapazes e das raparigas ainda traz o cabelo cheio de sal. É verão. Durante o verão a aldeia, que não terá mais que umas onze ruas, enche-se de gente. Todas as ruas dão para a areia, e a areia dá para o mar onde a cada dia as crianças e os seus pais mergulham. Depois alguns costumam dirigir-se a um dos três restaurantes da zona para jantar, outros ficam por casa a preparar o dia seguinte. Mas hoje é diferente. Hoje é a noite em que se monta a tela de cinema na praça, e como em todos os anos anteriores a excitação é geral. Finalmente os homens acabam de atar o lençol aos paus, e do lado de lá uma mulher liga o projetor. As crianças ajeitam-se nas cadeiras. Os pais das crianças, sentados no chão, embora tentem disfarçar, estão tão entusiasmados quanto elas. Quando no lençol branco é projetado um outro lençol branco, a ondular ao vento sobre um vaso e com o mar ao fundo, todos batem palmas. Mais uma vez, como nos anos anteriores, o verão na aldeia é finalmente inaugurado ao som de uma canção instrumental, num Cinema Paraíso.

Uma mulher, de nome Almah, sozinha na casa, alimenta o seu filho a requeijão e mel.

Assobia e fica quieto, de pernas fletidas. Sabe que se tudo correr como na manhã anterior, um cão surgirá veloz por entre o bosque de carvalhos e entrará na cabana. Assim é. À chegada do animal ele levanta-se e atira um osso de javali para a lareira que arde ao fundo. Esse é o seu gesto inicial de todos os dias. Executa-o como quem coloca um amuleto ao peito. Depois pega o arpão de chifre e sai para pescar, mas não sem antes cuspir no vaso que decorou com os dedos há uns seis anos. Juntos dirigem-se, ele e o cão, para a orla do mar. Os bancos de ostras brilham sob o sol forte do Norte, e uns quatro ou cinco cisnes refletem nos corpos brancos essa mesma luz. Debaixo do olhar atento do cachorro, o homem entra na água e passa o dia a recolher alimento. Nalgum momento, quem sabe, uma nova transgressão marinha cobrirá mais uma vez aquela depressão báltica e fará recuar os pinhais. Até lá, o homem ertebolense prossegue o seu trabalho de coleta, sempre protegido pelo fervor canino. E vai empilhando, a cada noite, restos de osso de javali, de veado, de baleia e várias aves, espinhas de peixe e restos de gaivota sob o telheiro de uma cabana. Dobrando a cada manhã os joelhos, assobiando a cada dia como quem pede a proteção e o perdão animal.

Tem doze anos. Sentada na cadeira de palhinha e pau leva as duas mãos à testa e confirma: febre. Não sabe ainda muito bem o que isso é, faltam-lhe décadas ou talvez apenas meses para começar a entender os vícios do mercúrio e dos homens. Mas tem consciência de que a esta hora da manhã o seu corpo já está todo quente e pleno de suor. A boca sabe-lhe a flores secas. Não tem vontade de banda desenhada, nem de bonecos animados, nem de frisbee, nem de pequenos dinossauros. Com as duas mãos na cabeça e os pés balançando no ar, empurrando a gravidade, sussurra: *Mãe*.

Para atrair boa sorte e também para espantar o medo que todas as noites lhe entra no quarto em Oaxaca, Facundo esculpe um *alebrije* na madeira do copal. O bicho tem quatro cores fluorescentes, é coiote e tigre ao mesmo tempo, e cada golpe que Facundo desfere no seu corpo o faz cantar. Quanto mais o *alebrije* cresce em suas mãos, mais o coração humano de Facundo vagueia com destreza entre o bosque e a consciência.

Um guerreiro aqueu abana a cabeça, e quando o faz abana ao mesmo tempo o capacete. O bronze aquece bastante em dias assim de tanto sol. O aqueu tem o rosto encharcado de suor e o cabelo também. Por ter as mãos ocupadas de escudo e de lança, não pode afastar a melena de caracóis para o lado — como se não bastasse o calor, ainda tem que levar com uma franja pouco desbastada sobre os olhos, logo ele que no meio desta guerra depende tanto da pontaria. Nem sequer pode ajeitar o capacete. Já tentou desviá-lo uma vez ou duas com a ajuda da lança, e o malabarismo só resultou em duas grandes feridas no rosto. Então abana a cabeça. O chocalhar do capacete substitui por um momento o barulho constante daquele voar de flechas que já dura há tantos dias, substitui também o som dos gritos, substitui a canção seca do embate das armaduras umas nas outras. Por um instante apenas, o soldado só consegue escutar o movimento metálico do próprio capacete. Ouve-se a respirar lá dentro. Sente escorrer-lhe para o pescoço o suor que há um bom bocado estava alojado nas suas orelhas ensopadas. Sacode mais um pouco a cabeça e, ao olhar para o flanco esquerdo, vê o próprio reflexo na couraça de um companheiro de guerra. É só um laivo, muito veloz, mas naquele momento o guerreiro aqueu vê como se agita em liberdade o penacho de crina de cavalo que leva preso ao capacete.

Sozinha no pátio, a meio da noite, uma mulher tempera o faisão com bagas de zimbro.

Numa aldeia não muito longe da mais confusa e maior cidade do império, um maratonista consegue a sua maior proeza: em dia de treino, correndo sozinho desde o posto de correios até ao choupo, cruza-se em velocidade com uma rapariga que descansa sobre a pedra. Ao passar por ela, e mesmo sem a conhecer, toca-lhe na mão como se a sua mão fosse a meta.

Uma labareda de fogo passa entre uma metade e outra do corpo de um carneiro.

O vigilante do Museu do Ouro em Bogotá apaga todas as luzes do edifício às oito horas da noite. Coloca as chaves no bolso das calças, veste a gabardina, levanta-lhe as golas por causa do frio das ruas da cidade a que há muitos anos chamam *la nevera*. Protegido, desce as escadas e atravessa a praça. Antes de virar a esquina deita um último olho ao edifício. Parece-lhe reparar nalguma luz acesa lá dentro, mas a fome é tanta que encolhe os ombros e prossegue caminho na direção de um prato quente de *ajiaco*. O vigilante, porém, não está cego: na nave central do Museu do Ouro, em Bogotá, uma máscara brilha sozinha às oito horas. Fagulhas douradas saltam continuamente do molde vivo, e um mínimo riacho de sangue tribal escorre desde aquele rosto precioso até à etiqueta branca que dá conta do seu nome cerimonial.

Aleixo encosta a curva dorsal ao vão de escadas. Com as migalhas de pão que durante a noite caíram da casa onde vão dar os degraus, vai desenhando círculos brancos no chão. Num deles acha o rosto de seu pai, que sorri para ele, que o reconhece enfim.

Uma menina de sete anos ajeita o seu chapéu verde antes de entrar na igreja, a mesma onde foram batizados os irmãos. Reza ao deus das flores e ao deus dos caramelos, e sem saber ainda reza também ao deus dos pigmentos.

Está acostumado a caminhar. Gosta de esticar as pernas e de escutar o barulho que os bichos fazem enquanto brincam sob a terra. Todos os dias abandona o quarto de pedra para aprender com os gestos da natureza os tiques da tragédia. Sabe que as emoções humanas mais puras sempre estiveram no mundo, sempre estarão. Cansado de pensar em Agamêmnon e na constante morte dele, senta-se numa pedra para esvaziar um pouco o peito, e quem sabe até para espantar da vida desperta aquele recorrente sonho que lhe sussurra que um dia a casa cairá sobre si. Leva a mão à túnica e retira de dentro dela uma laranja, que devagar descasca com a outra mão. No preciso instante em que leva o terceiro gomo à boca, uma carapaça de tartaruga é arremessada por uma águia contra a sua cabeça, ferindo-o mortalmente.

Numa tarde de muita chuva na cidade de Rangum, Molly toca uma canção ao piano. A melodia faz lembrar ao mesmo tempo o som bestial das invasões japonesas e o sopro manso de um gole de chá às cinco horas. Molly, por tocar sempre de olhos fechados, nem dá pela entrada do seu filho de quatro anos na sala. Nick vem de pijama e ainda muito sonolento. Com esforço trepa o banco e senta-se ao lado da mãe. Ela, quando o nota, afaga-lhe primeiro a cabeça encaracolada e depois pega-lhe nas duas mãos. Coloca-as com muito amor debaixo das suas e ensina-lhe um acorde sem memória.

Um cachorro preto coloca a força do seu corpo inteiro na jugular, tentando escapar da corda que há quatro dias lhe ata o pescoço ao portão de ferro.

Em Petra, à primeira luz da manhã, dois homens estão frente a frente dentro de uma caverna. Um deles tem o olhar muito aberto e posto no alto. O outro tem um lápis de kajal na mão. O segundo aproxima-se do primeiro e desfere dois golpes de pasta preta em cada uma das suas pálpebras. Após desenhar com perfeição quatro linhas escuras por cima e por baixo dos olhos dele, diz-lhe: *O kajal proteger-te-á um dia inteiro da poeira, do sol forte, até mesmo de qualquer coice de burro.* Então o homem de olhos pintados de negro baixa a cabeça, agradece com um aceno, e reproduz no outro exatamente os mesmos gestos, dizendo as mesmas palavras.

Alfredito, ao vestir-se de manhã antes de sair à pressa para o liceu, fica com a cabeça presa na gola da blusa. Enfurecido com a lã e com o teatro gestual com que a sua mãe o iniciou nas manobras do vestuário — cabeça primeiro, braços depois — chora. A água contra a malha só piora as coisas, e subitamente ele é um rapaz aprisionado na própria roupa, no próprio corpo, no próprio quarto. Quanto mais gesticula mais se perde no espaço. Até que, através de um furinho azulado na blusa, consegue ver o seu reflexo no espelho. Repara que, assim imóvel e coberto de fibra, é a imagem cuspida da sua mãe. Perdoa-lhe aí mesmo as lições, agradece até por elas, e para de chorar. Abre os dois braços em lentidão e deixa que a blusa lhe resvale naturalmente pelo torso. Põe a mochila nas costas e dirige-se para a porta de casa, que tranca na saída, sem se despedir de ninguém porque há mais de dois anos que vive ali sozinho.

Quinze mulheres de Corinto tentam organizar-se decentemente para formar um coro.

Tem cicatrizes na mão direita. São mínimas, ninguém dá por elas. A maior de todas, na horizontal, não chega a ocupar o espaço que vai do mindinho ao anelar. É sempre aí que se escondem as suas três cicatrizes: entre os dedos. Se pela medida delas já seria difícil que alguém as visse, o fato de se alojarem nesse lugar específico só faz com que sejam praticamente imperceptíveis. Nem ele, que desde sempre é o dono das próprias mãos, costuma lembrar-se daquelas marcas. Mas esta manhã lembrou-se. Estava tão sem saber o que fazer a uma daquelas tristezas súbitas que de vez em quando surgem sem aviso para atrapalhar a vida de um homem, que resolveu lavar as mãos. Não é de grandes tiradas, nunca foi. Ele é mais o tipo dos que fazem uso dos gestos banais para afastar a escuridão. Dirigiu-se então à pia, abriu a água fria, juntou-lhe sabão, e esfregou aquilo na pele o mais que pôde. *Lava sempre o corpo nos vincos dele*, lembrou-se. Era assim que lhe dizia a sua mãe. Foi por seguir as antigas instruções que, ao passar o dedo esquerdo entre os dedos todos da outra mão, sentiu um relevozinho. Lá estava ela, a terceira cicatriz. Mais alta que as outras, mais imóvel, um pouco mais estranha. Agora o homem observa--a. Tal como acontece com as outras duas, não sabe o que a causou. Sabe, isso sim, que a terceira cicatriz é a mais recente. Fica entre o dedo médio e o indicador e vem na vertical, como um rastilho de disparo. O homem não sabe mesmo como ela foi parar-lhe à mão, mas sabe o que agora diz ao espelho:

— Eu, acordado, sou o homem banal e funcional. Mas o meu duplo, aquele que dorme, com certeza passa noites inteiras carregando pedras, ou lapidando diamantes, ou penteando crinas duras com um pente de marfim.

Enterrado na areia velha de um já desativado coliseu está, há séculos, um cinto. É feito de cordas todas entrelaçadas umas nas outras, vermelhas e brancas. Nos espaços entre as cordas há poeira e sujidade, restos de sangue seco, três rasgões, cinco cabelos provenientes de tranças loiras. Centenas de turistas caminham agora sobre a areia, ignorantes daquilo que existe por baixo dos seus pés. Tadeu, que entrou sozinho e furando a fila do monumento, caminha com eles. Bate as mesmas fotografias, escuta as mesmas histórias na dupla língua do guia, segue sempre em frente. Mas, ao pisar um praticamente inexistente relevo na arena, perde o equilíbrio. A sua pele fica brilhante de um líquido que não se sabe se é óleo ou suor, cheira-lhe a hera e a videira, parece-lhe mesmo ver um tirso ser atirado na sua direção. Tadeu cai, uma queda seca, abrindo uma clareira entre os turistas. Quando se levanta espanta-se com duas imagens claras: a de doze bocas abertas em círculo ao seu redor, e a de uma mecha de cabelo loiro encostada ao seu pulso nu. Nesse preciso momento um rapaz de rosto oriental aponta a câmera para ele, e dispara.

Uma menina de estrela branca pintada no olho direito dança na boate uma canção de David Bowie. Quando chora, no escuro de neón, só as lágrimas à esquerda são visíveis. Um rapaz de raio desenhado na palma da mão passa por ela e sussurra-lhe: *É o amor moderno*.

Passou cinco anos a estudar plantas e flores e frutos e caules na universidade. No fim recebeu um papel reciclado e assinado que confirmava a sua existência como botânico. Hoje ele está sozinho, sentado no cume da montanha, observando a mesma pétala púrpura de genciana há mais de dezoito horas. Nela, finalmente, consegue achar a impressão natural do rosto de sua avó morta.

Pepe entra na igreja. Vai para ajoelhar-se na frente da imagem de um santo, mas quando deixa cair as pernas falha por pouco o alvo do genuflexório. Por estar tão cansado deixa-se então ficar como está, assim mesmo, de joelhos sobre a pedra fria e de coxas dianteiras encostadas à madeira. Respira devagar, um pouco apertado, sem pensar em nada, de olhos postos no altar. Parece um duelo frente a frente entre um homem e um ícone, e dá para ver que ambos têm as articulações geladas.

Uma vaca, para sobreviver, lambe blocos de gelo como se lambesse as tetas de leite da sua mãe. Passa o dia inteiro de língua de fora, passando-a devagar nas paredes geladas que, sem que a vaca saiba por quê, parecem temperadas com sal. Nessa tarde, como uma surpresa, os cabelos de um homem começam a surgir do bloco gelado, pingando água. No dia seguinte o animal continua o seu trabalho de nutrição, e nessa tarde surge do gelo uma cabeça. Ao terceiro dia a vaca, que se chama Audumla, lambe o bloco gelado durante todas as horas de luz. Quando o sol se põe nasce dali um homem inteiro, alto, forte, de aparência surpreendente. O nome dele é Buri, e quando se levanta passa a mão na cabeça de Audumla. A vaca, ao respirar, derrete a última camada gelada e primordial que lhe cobria o braço direito.

César tem as sandálias encharcadas de lama. Por estar há tantas horas diante do rio, marés subiram e desceram. Já teve água pelos tornozelos, quase pelos joelhos, e agora o que há é só mesmo uma fina camada úmida que lhe envolve as solas. Deve tomar uma decisão. *Que difícil é tomar uma decisão com tanto frio nos pés*, pensa. Pensa também em seu pai, de quem recebeu o nome, e em sua mãe, de quem recebeu a cor dos olhos. Pensa em Marco, que o educou, e pensa nas boas conversas que teve com Pompeu dentro de portas enquanto comiam juntos as uvas. Agora que as portas se abriram tudo está diferente. À exceção das tropas em grande número que traz nas costas, César está sozinho e sem ninguém ao lado que lhe diga o que fazer. Mais que sentir o frio que agora já lhe subiu dos pés para o corpo todo, ele sente mesmo é uma grande indecisão. De súbito, sem saber se aquilo era já o devaneio da febre ou o auxílio celeste, o líder militar sente a voz de alguma deusa lamber-lhe o ouvido direito. Levanta então a cabeça na direção da água, faz um sinal às tropas, e segreda assim às suas sandálias: *Alea jacta est*. Constipado e mais ou menos confuso, César atravessa o Rubicão.

Deitada na cama, com uma mão sob a nuca e a outra mão sob essa mão, com cada um dos cotovelos apontado para opostos pontos cardeais, Ana roda um caroço de cereja de um lado para o outro da boca.

O sol ainda nem começou a nascer e já ele está no autocarro que o levará de Paris até Le Havre. Adormece no caminho. Assim que abre os olhos todas as placas da autoestrada apontam para Calais. Pensa na sorte que tem por poder movimentar-se livremente entre fronteiras, sem que ninguém lhe martele as botas a meio do sono para pedir um passaporte. Subitamente o motorista vira à esquerda, e o porto de Le Havre está todo à sua frente. Desce do autocarro como quem desembarca de um navio, procura a catedral. Acha-a logo ali: tem a fachada paralela ao mar. Entra, ignorando o altar-mor, e ajoelha-se imediatamente aos pés da estátua que está também ela paralela à fachada. É como lhe tinham contado: uma mãe de mármore, sentada de pernas abertas, segurando no espaço entre elas o seu filho agonizante. A força da mãe está toda representada no lenço que leva à cabeça, a força do filho está toda no baixo-ventre — é visível, até no mármore, a sua última expiração. O homem fica ajoelhado na frente daquela *pietà* por quatro horas. Sai, ignorando o mar, e entra no autocarro que o levará de volta à cidade.

Telêmaco está sentado à mesa. Na sua frente estão uma bela mulher, uma travessa de amêijoas acabadas de apanhar e já bem temperadas, pão quente, uma tigela de sal, um pedaço de manteiga e dois guardanapos de pano. É verão. Telêmaco gosta do verão porque a ilha fica muito mais bonita debaixo de um grande sol, porque os corpos ficam muito mais despidos, porque os remoinhos não afetam tanto o mar e principalmente porque nesta época ninguém coloca o arado nos bois.

Trabalha no circo desde os treze anos. A sua mãe, contorcionista de renome, ainda fez alguma força para que tentasse outra vida, sem sucesso. Já o pai, mestre no monociclo, sempre gostou de o ter por perto — fosse a passear entre os leões ou a arrumar com ele as cartolas dos ilusionistas, o pai é que lhe foi revelando os segredos do ofício. Umas vezes apontando as coisas, outras vezes deixando que descobrisse as coisas sozinho, a verdade é que o pai levantou para ele a cortina que abre e fecha a tenda. E dentro da tenda, aprendeu Gaston, a cada dia entra um enigma. Decidiu aos treze anos que queria mesmo era deixar-se atravessar pelo mistério, e foi então que começou a exercitar a cada manhã os braços. É que o monociclo não era para ele. Nem o contorcionismo, apesar do enorme amor por sua mãe. Quanto aos leões, gostava deles, sim, mas por isso mesmo não estava nem aí para lhes dar ordens. O malabarismo de fogo não era opção — uma vez tinha visto aquilo dar errado e desde esse dia nunca deixara de ter o balde de água por perto. Engolidor de espadas, pelas razões óbvias, também não era uma arte que o seduzisse. A verdade é que Gaston era trapezista desde sempre. Amava as cordas e amava a barra, amava mais ainda a possibilidade do voo solto sobre as cabeças. Foi por isso que aos treze anos se voluntariou para ser o menino que carrega a cada dia os baldes. Deixou que os outros pensassem que o fazia por medo do fogo, mas sempre tivera o plano bem traçado. Carregando os baldes cheios de água, robustecia os braços. Foi assim que se fez forte, capaz, focado e maleável. Por tudo isto Gaston, agora com trinta e dois anos, é o melhor trapezista do circo. Voa sobre os homens e os leões, segura a corda com os dentes, dá piruetas em torno da barra. E, sem ninguém saber, ainda fala a língua secreta desta tenda.

Uma mulher de camisa púrpura cruza sozinha a estrada.

Numa casa há muito tempo abandonada, pequenos pedaços de poeira vão voando sobre as coisas. Suspeita-se que alguns desses pedaços tragam ainda agarrados às caudas os restos memoriais. De gargalhadas, de passos largos nos corredores, de uma bofetada na cara a meio da noite, da lamúria ou de um qualquer outro gesto tímido. A poeira dança agora imune a tudo isso, em solidão na sala grande. Eventualmente um dos pedaços desiste de planar e cai sobre um retrato emoldurado a prata. Nele estão juntas e imóveis as crianças, as mesmas que agora discutem por telefone e que não se encaram há mais de vinte e dois anos.

Um asteroide de mais ou menos quinze quilômetros de diâmetro, viajando sozinho há demasiados anos a altíssima velocidade, colide com a província de Iucatã.

Egon enfia o dedo indicador entre uma costela e outra. Está de pé, despido. Vai passando o dedo em todos os espaços do seu próprio torso, percorrendo cada fossa de cima para baixo primeiro, de baixo para cima depois. Deseja tanto aprender a desenhar melhor. Sabe muito bem que aquela forma de instrução — onde o corpo é professor, aluno, sala e corredor, tudo ao mesmo tempo — é a melhor de todas.

Durante seis dias uma esposa cozeu o pão. Foram seis pães para seis manhãs, e em cada uma das manhãs ela deixou cada um dos pães à cabeceira do homem. Permaneceram intocados, alguns ressequiram, outros ganharam bolor, outros até se cobriram de mofo. Ao sétimo dia a esposa voltou a cozer o pão, e o cheiro dele nas brasas acordou o homem.

Em Londres, no Museu de História Natural, um mamute levanta um pouco a tromba à passagem de José. O menino fica estarrecido, um bocado excitado, e puxa o casaco de sua mãe para a avisar da vida que existe dentro do empalhamento. A mãe, ao ver José assim irrequieto, atrapalha a fila de turistas para se ajoelhar até à medida dos seus olhos. Pergunta-lhe o que tem e o menino, já que nem fala ainda, exemplifica por gestos o levantar da tromba. A mãe sorri, feliz por ver validado o dinheiro do bilhete, alegre por ver despertar-se no seu mais novo o poder da imaginação. E José sorri-lhe de volta, com muito amor, consciente de que o seu entendimento direto com todas as coisas vivas do mundo não durará para lá do dia em que descobrir a fala.

Theon sabe que o sol forte de Alexandria não permite que um homem se deixe ficar por muito tempo quieto no mesmo lugar. O melhor é sempre caminhar. Seja para fugir ao calor ou para observar o céu, seja até para maturar ideias, bom mesmo é andar a pé. Mas hoje Theon deixa-se ficar quieto, debaixo da figueira. Aproveita-se da sombra da árvore, e também do seu lugar estratégico, para dali poder observar secretamente a sua filha. Já lá vai o tempo em que os dois se sentavam do lado de fora da casa, durante a noite, a decifrar as estrelas e a apostar em eclipses. Agora ela está uma mulher feita, e o terraço da casa tornou-se pequeno demais para tudo o que sabe. Para onde quer que vá em Alexandria, alunos sedentos oriundos de todo o Mediterrâneo caminham atrás do seu manto branco só para ouvi-la falar. Querem aprender como se constrói um astrolábio, querem saber os princípios da filosofia, alguns querem até aprender a fazer os cálculos matemáticos mais simples. Na voz daquela mulher, como o seu pai reconhece desde cedo, tudo fica mais claro. E embora alguns pensem que diz aquilo tudo de improviso, o seu pai bem sabe o quanto ela estuda desde pequenina. Hoje, numa tarde até mais quente do que o habitual, Theon não se importa nada de ficar parado só a escutar. Afinal, não são todos os pais que em vida reconhecem o quanto aprendem com os filhos. E Theon, todo orgulhoso à sombra da figueira, sabe que aprende com Hipátia todos os dias.

Um general, tremendo de frio, atravessa a cordilheira dos Andes com um exército de homens gelados e corajosos caminhando atrás de si.

Haru abre a gaveta da cozinha. Tira lá de dentro uma Bic, e com ela desenha uma linha azul na falange do polegar esquerdo. Volta a colocar a caneta no lugar. Passa a meia hora seguinte a olhar para aquele risco tênue esboçado na própria mão. Tem tempo para isso — é de noite e a esta hora tanto os seus pais como os seus irmãos já estão a dormir. Abre a gaveta outra vez. Sabe que se estender um pouco o braço consegue achar a espada wakizashi. Estende, e acha-a. Segura a espada com a mão direita, leva-a ao alto, e coloca a outra mão sobre a bancada. Num movimento breve, altamente doloroso, desfere um golpe preciso no traço azul. Sangrando muito, Haru perde logo ali um pedaço de membro. Acredita, porém, e apesar de tanta sujidade vermelha no lava-louças, que a partir de agora é finalmente membro de alguma coisa.

Debaixo do caramanchão, seis rapazes e raparigas partem pinhões sobre uma mesa. A mesa é de pedra e o instrumento que os meninos usam para estilhaçar a casca das sementes é uma pedra também. Ao longe, desde a janela grande da casa, a avó das crianças observa os movimentos regulares de seus netos. Sabe que alguns deles hão de acertar nos dedos e outros nos pinhões, mas sabe também que no fim todos se hão de alimentar do mesmo miolo branco. Sorri pelo outro lado do vidro, consciente de ter toda a sua descendência sob aquele caramanchão. Os pinheiros, as pinhas, os pinhões e as crianças: todos são fruto do seu amor plantado na terra.

É noite escura. Uma pantera esconde-se entre as ervas rasteiras da floresta muito antiga, aparentemente inabitada por humanos. Ainda assim respira ofegante: parece mesmo ter medo de uma lança atirada de muito perto. Mas homem nenhum pisa aquela terra desde há pelo menos dois séculos. Sem que se saibam até à data as razões para isso, a pantera carrega consigo a memória genética de seus negros antepassados. E treme, sem vergar.

Numa das mesinhas redondas que ficam ao fundo do hall do hotel, Philip e Stephen bebem um uísque juntos. Já são cinco da manhã. Cada um está sentado numa cadeira daquelas que ficam quase ao nível do chão, mesmo ao nível do conforto físico. A esta hora da madrugada esse nível é bastante lá em baixo e quem passe por eles quase pode confundi-los com homens deitados. Aliás, tanto um como o outro vestem aquele terninho com o qual Fred Astaire pediu que o enterrassem na terra — o smoking. Philip e Stephen voltaram da festa há um bom bocado e nenhum dos dois teve ainda a força física necessária para enfrentar o quarto. Seja como for começaram já a *mise-en-scène* que quase sempre leva um homem à cama: as camisas brancas estão abertas até metade do peito, as faixas de cintura já foram arrancadas. O laço de Stephen está no bolso da casaca e o de Philip jaz amarfanhado em cima da mesa. Não dizem nada. Sobre os dois há um candelabro que aparenta estar aceso desde o século passado. Na parede, ali mesmo junto à mesinha, está uma pintura a óleo que representa um homem a cavalo. Os tons vermelhos e amarelos muito fortes do quadro compensam o preto e branco que há tantas horas ambos carregam consigo. Philip repousa o copo sobre o joelho direito e olha fixo para ele, como se quisesse mexer o gelo de memória, só com a mente. Tem o pescoço descaído para a frente. Stephen, esse, derrama a nuca para trás, sobre as costas da cadeira. Com o derramar da nuca, ninguém vê, mas derrama-se também uma lágrima pelo seu rosto já salgado pela noite. O copo tem-no esquecido no chão há muito tempo. Os poucos garçons que a esta hora estão acordados no Ritz passam por eles com bandejas e as flores do dia seguinte. Também não dizem nada. Naquele hotel, assim como nos melhores bares, parece mesmo haver um acordo tácito entre pessoas e silêncio. A ligar todas as coisas noturnas nesses lugares está sempre o segredo, e ele só é levantado no ápice da manhã. É por isso que agora, porque pelo janelão do lado de lá do hall começa a ser visível o primeiro raio da alvorada, tanto Stephen como Philip se esforçam para fechar as pernas e de alguma maneira fazerem subir os corpos das cadeiras. Philip é o primeiro a vencer o sono — esfrega o rosto com as mãos, pega o laço e dirige-se para as escadas. Não olha para trás, sequer para o tapete que já pisou. Já Stephen, que nem chegou a tocar no uísque, tira finalmente os olhos das luzes tênues do candelabro, levanta o corpo do chão, paga a conta de três dias de estadia e avança para a porta do hotel. Sai para o dia claro. O cansaço é tanto, ou a dor, que nem consegue sentir ainda que deixa para trás a mulher, os filhos, a grave cena a óleo na parede, a festa eterna e podre, os garçons e o segredo.

No deserto de Bersebá, sentado à sombra de um arbusto, Ismael ata com muita habilidade uma corda a uma vara e testa a tensão que existe entre um objeto e o outro.

Um quileiro atravessa a pé a estrada de mato entre Aceguá, no Brasil, e Aceguá, no Uruguai. Vai sempre paralelo à Ruta 8, o que significa que já pisa o lado uruguaio. Para trás ficou a BR-153 e a fiscalização do posto fronteiriço. Mas para trás não ficou a lama, que aliás é a mesma no estado do Rio Grande do Sul e no departamento de Cerro Largo, e é por isso que o quileiro caminha em vez de pedalar. Leva a bicicleta ao lado, pela mão, e vai lento sobre terra e água. Por sorte a carga que hoje traz de Aceguá não pesa tanto — uma mochila chega-lhe para aquela centena de caixas de fósforos que pagou em reais e que lhe vão render o dobro em pesos. *Com o que sobrar* — pensa — *vou é comprar uma camisa azul e branca, com um desenho circular de vinte estrelas. Só mais uns dias e a camisa do Cerro Largo Fútbol Club é minha.* Com esforço arranca a bicicleta a uma poça mais funda de lama, e segue o caminho. Leva o fogo nas costas e a água no rosto. Vai assobiando um hino em túnel, sempre para a frente.

Uma mulher, sem nenhum vestígio de medo no olhar, atira um punhado de pó seco sobre o corpo morto de seu irmão.

O mundo inteiro está coberto de gelo, mas ele não sabe. Ou talvez saiba. É que para ele o mundo é tudo o que tem na frente, e na sua frente há só o branco — planícies frias, a perder de vista, sem uma única árvore a pontuar a paisagem. Por ser o mais forte da comunidade, muitos dependem de si. São as suas mãos que agarram e despedaçam a rena quando uma delas passa junto aos homens, as mesmas mãos que depois separam a carne, os ossos, os chifres e as peles da rena morta. Mas hoje ele não quer caçar. Sozinho e cheio de branco em volta, talha com uma faca de pedra a ponta de uma presa de mamute. Da mistura entre a surdina da neve e a surdina da sua cabeça, parece-lhe mesmo ouvir os gritos de certos bichos. A cada grito ele golpeia o grande dente. Com minúcia vai deixando aparecer no entalhe a forma de duas renas: a fêmea na frente, com as patas traseiras esticadas, e de cabeça encostada às patas dela, a rena macho. Por já ter sido o seu talhante, o artesão sabe muito bem desenhar aqueles corpos em relevo. Costelas, esterno, penugem: tudo vai surgindo do marfim na perfeição. Quando termina o trabalho de desentranhar duas renas numa presa de marfim, ele encosta o objeto ao peito. Pela primeira vez engendrou uma peça sem utilidade aparente. E pela primeira vez, através dela, pode sentir o mundo todo em volta, gelado, tenebroso, mas de alguma forma em comunhão total com o seu próprio corpo.

É o mais novo cavaleiro do Palio este ano em Siena. Seu pai fora corredor também, assim como o seu avô e o pai dele. Passa a madrugada anterior à corrida toda em branco, costurando estrelas na manta que na tarde seguinte usará para cobrir a garupa do cavalo que lhe calhar na sorte. Conta dar, antes disso, três voltas à praça: a pleno galope, montado sem arreio, um *fantino* de repente sem idade a lutar pelo próprio distrito. Não sabe se no final da corrida lhe entregarão o estandarte, nem sabe como irá reagir a arquibancada às passagens velozes de seu corpo agarrado ao corpo do cavalo. Mas ao costurar a última estrela na manta azul, e podendo já sentir o cheiro do suor animal nas mãos, está seguro de que o Palio este ano já é dele.

Um zangão, refastelado de néctar, sobrevoa veloz uma plantação de maracujá. Leva a penugem do corpo inteiro tão carregada de pólen, que a meio do voo pousa um pouco para descansar. Encosta-se à flor, e vibra. Levanta voo outra vez e zumbe até à flor seguinte.

Levou um pedaço de durião à boca pela primeira vez há muitos anos atrás, numa pensão clandestina. Na Malásia, à época, o fruto estava banido da maioria dos hotéis e até mesmo dos transportes públicos. O cheiro horrível do durião podia prolongar-se por dois ou três dias, mesmo depois de já ter sido engolido e digerido. Foi pelo terror do odor que demorou tanto tempo a enfrentar o sabor daquela fruta espinhosa e grande, tão pesada que muita gente tinha medo de passar por baixo da árvore dela. Medo infundado, já que há quem diga que o durião tem olhos e portanto pode ver onde cai — nunca cai durante o dia. Foi de noite que o provou, há quarenta anos, de olhos fechados. Quando pousou na língua aquela polpa, pareceu-lhe que lambia um esgoto onde cebolas cruas apodreciam há um ano. Por ter sido tão forte o impacto do paladar em todos os restantes elementos do seu corpo, comeu tudo até ao fim. Naquela noite malaia, por via do choque, alguma coisa mudou nele. Do estômago ao coração. Depois disso voltou a comer do fruto muitas vezes, e com prazer. Agora que o sol se põe na sua janela inglesa, passa o polegar como em tantas outras tardes na semente de durião, uma que carrega no bolso há pelo menos trinta anos.

Com a ajuda de uma espátula, um homem de ascendência grega mistura tinta vermelha com cera de abelha. Tem na sua frente um pedaço de madeira de sicômoro sobre o qual já passou uma camada de tinta escura, e agora avança para essa superfície determinado a pintar sobre ela o rosto de um jovem florista. Aqui no Egito, contrariamente ao que se passava na terra de seus avós, os mortos pintam-se sempre de perfil. Um retrato mortuário não deve ser frontal, porque quem tem frente também tem costas — e ninguém quer ver um familiar seu virar as costas a este mundo sem olhar para trás. É de perfil que se segue viagem para o lado de lá, com um pé junto dos irmãos e outro perto de Osíris. Enquanto pensa nisso, o pintor deixa escorrer da espátula, sem querer, aquela mixórdia encáustica sobre a tábua. O borrão aleatório que dali surge parece mesmo o olho do florista. O pintor ama o florista — de alguma maneira ainda são primos — e chora ao ver surgir naquela mancha o olho dele fixo no seu, tão vivo. Deixa cair a cabeça. *Primo, não vale a pena começares já a chorar*, diz-lhe o florista, que está sentado a posar para ele no canto do estúdio. *Vais deixar-me bonito, eu sei que sim. Bonito e um pouco mais velho, que ainda tenho muitas flores para vender neste mundo.*

O artesão ri. A luz de Fayum incide sobre o seu riso e sobre os olhos claros do seu primo. Aquece então a cera mais uma vez, pega em outras quatro cores, e põe-se a pintar o retrato que ambos sabem que servirá um dia para cobrir o rosto morto do retratado. Num gesto de rebeldia ou de espanto, esquece o perfil e põe-se a desenhar o florista de frente, com o rosto aberto e os olhos muito vivos.

Iker entra na Basílica de São Marcos, em Veneza, e fica tão ofuscado pelo brilho do ouro que não consegue ver Deus nem o seu filho, nada além do grande amarelo.

Tem quatro anos e aparentemente não sente ainda a passagem do tempo. Sabe, isso sim, que por sorte ou por amor é-lhe permitido de vez em quando ficar sozinho na areia molhada com dois objetos apenas: um balde e um ancinho. Não sabe quanto tempo o tempo tem, mas sabe que naquele espaço reincidente ele consegue sozinho erguer construções cheias de rostos, de nomes, de odores, de desejos. E neles ele roça sempre que pode, cheio de saudade, o seu pequeno torso nu.

Uma lâmpada brilha num lugar escuro. Um homem de barba forte e negra observa a dança daquela chama durante uma noite inteira. Parece mesmo que o fogo solta palavras, e as palavras falam com ele. Depois o dia desponta. O homem sai da caverna, estica os braços primeiro e esfrega os olhos depois. Pensa que a luz da estrela da manhã tem qualquer coisa em comum com a luz do fogo noturno, mas não sabe bem o quê. Coloca as sandálias e desce então até à cidade e, antes de pensar no que quer que seja, pede na taberna um desjejum. Um pedaço de pão e meio copo de vinho são suficientes para que o homem se sinta recuperado. Enquanto come com a fome própria dos madrugadores, observa em sua volta as colunas, os cavalos, os centuriões, as flores. Sente comichão no coração, mas não sabe bem por quê. Vai coçando o peito como pode, com a mão direita, enquanto com a mão esquerda leva devagar o vinho à boca.

Sentada sobre o tapete vermelho, às três da tarde, Akashleena mantém-se imóvel. Tem as pernas cruzadas uma sobre a outra, e por cima delas sustenta um sitar. Mesmo não estando ainda a tocar o instrumento, a prática já começou. Aprendeu com o pai que num sitar estão escondidas as harmonias primordiais de criação, e que a música que resulta do passar dos dedos de uma mulher nos dezoito trastes as invoca. Akashleena sabe que cada raga tem a sua existência natural, e que assim que soltar a primeira corda estará a dar início a uma nova conversa. Tal como acontece com os homens, mas mais ainda com os deuses, as ragas têm personalidades próprias. Às três da tarde de hoje, com as mãos no tapete e os olhos postos no instrumento, Akashleena toca uma canção inicial. Não a inventa, não a simula — simplesmente a descobre.

Um porco vadio corre desorientado no meio da confusão do mercado. O animal tinha passado os últimos dias meio adormecido ali mesmo, junto ao cais, dentro de um monte de estrume. Mas os gritos dos vendedores assustaram-no e ele pôs-se a correr sem governo. Não vê nada. Tem os olhos turvos da lama seca. Acelera entre pés de mesa e pés de gente, bate com a anca numa pilha de laranjas, arranca o tecido a uma tenda, desfaz as flores, avança desgovernado entre tantos animais enjaulados. Ninguém o sabe parar. O porco escorrega na água suja e nos restos de couve, pisa mulheres e homens no caminho, só sabe seguir em frente. Até que, finalmente, embate nas patas de um cavalo. O garanhão dá um pinote e cai para a frente. No salto, cospe para o ar o pequeno rei que levava na garupa, deixando-o desacordado para sempre nas margens do Sena.

Lídia ata uma corda muito fina ao pulso, e coloca entre aquele barbante e a sua pele um raminho de hissopo.

Alugou um carro só para isto. Atravessou três fronteiras só para isto. Apanhou também um barco (daqueles que aceitam levar carros e gente dentro) e quando chegou à ilha precisou ainda atravessar arcos naturais e grutas brancas. Quando finalmente chegou ao litoral da ilha e pôde ver aquela placa que assinalava a vermelho o fim de Capri, abandonou o carro e abandonou todo o passado.

Um inuíte armazena com cuidado a carne fresca sob a neve. Sabe que se aquilo ficar guardado em condições toda a sua família terá o que comer durante o inverno inteiro. Enquanto escava a terra gelada ele recorda aquele estrangeiro que no ano passado o visitou — o homem falava muito, e pensava mais ainda. O inuíte, apanhado por essa memória, deixa soltar um riso malandro. *Afinal*, sussurra ele à neve, *por que razão precisa o homem do sul pensar tanto a toda hora?* O inuíte sabe que, se a carne for suficiente para atravessar mais um inverno, não é preciso pensar em mais nada.

Antes de entrar na fila de homens agrilhoados a si mesmos e uns aos outros, Aelfsige, sob um sol forte, mastiga quatro pedras. A cada movimento de maxilar vai partindo os próprios dentes, um a um. Tinham-lhe dito que podia funcionar. Na hora da seleção, enquanto o capataz vai escolhendo os homens a dedo, o sangue de Aelfsige escorre-lhe desde a boca até às duas clavículas, e dali para o torso inteiro. Quando chega a sua vez é empurrado para longe da fila por uma mão forte e suja. Aelfsige tropeça, e, sem saber como, consegue fugir para longe. No caminho até casa vai deixando a terra marcada de sangue. Quando chega à porta, de mão na boca, a sua mulher e as três filhas esperam-no com o pano com que hão de limpar o seu corpo todo.

Um cachecol branco de caxemira está enrolado num cabide há pelo menos oito meses.

O pai de Aurélia morreu há quinze anos. A sua mãe, há sete. O irmão Bartolomeu perdeu a vida no ano passado num acidente de automóvel muito estúpido. Desde então o único familiar que lhe resta é o seu tio Torquato, que embora esteja velho lhe faz companhia para almoçar todos os domingos num restaurante onde servem sempre as melhores iscas. Hoje, que é quarta-feira, o telefone toca a meio da noite. Antes de atender aquele número estranho e com certeza irrepetível, Aurélia dirige-se para junto do lavatório e molha o rosto com água fria.

A 2.400 metros de altitude, nas montanhas do Atlas, uma folha de junípero começa a aparecer na árvore-mãe. Tem a forma de uma agulha, é mediterrânea e atlântica ao mesmo tempo, e ainda consegue carregar no seu desenho as marcas de uma ou outra vergastada dos grãos de areia do Saara.

É nadador. Antes de entrar na piscina toma sempre as medidas ao pulso direito com a mão esquerda, ao pulso esquerdo com a mão direita. É pela espessura dos pulsos que ele sabe a priori qual a modalidade que melhor lhe assentará. Em dias de pulsos finos: crawl. Pulsos grossos: peito. O nadador entendeu desde cedo que a medida de um corpo raramente se assemelha ao diâmetro da alma. É quando os músculos estão mais largos que convém nadar mais leve. Hoje é tarde de peito. O nadador desalinha então os cabelos como sempre faz, aperta os óculos entre nuca e nariz, mergulha. Leva duas horas a nadar de uma ponta a outra da piscina. Durante essas duas horas ele não pensa em nada. A água, essa, pensa sempre nele.

Três mulheres estão empoleiradas em escadotes de madeira. Penduram na parede as panelas de cobre que durante quatro gerações cozinharam o arroz que alimentou a casa inteira. A partir de hoje, por causa de algum decreto relacionado com metais pesados e os perigos deles para a saúde, as panelas cumprirão apenas um papel decorativo na casa.

Um grupo de formigas faz o percurso encarreirado entre o musgo e o buraco. Cada uma delas leva alguma coisa às costas: um pedaço de casca de árvore, uma pata de besouro, um resto de palha, uma outra formiga já cansada, um grão de terra, uma lasca de concha. Um rapazinho, de cócoras, observa o movimento daqueles bichos pretos e analisa — um por um — cada vestígio de vida que se move à boleia de outra vida.

Que o odor preferido de Louis é o da flor de laranjeira, todos sabem. Por isso é que quem o visita costuma levar-lhe um pé dessa mesma árvore, e talvez por isso o seu laranjal tenha já largas dezenas de comprimento. Contrariamente ao que dizem as más-línguas, para Louis o dia perfeito é mesmo um como o de hoje: passar a tarde a ver como crescem as plantações cítricas, depois jantar com a família e os afins, e em seguida lançar-se numa boa partida de bilhar. Por conselho médico é que começou com este hábito de jogar com taco e bolas todas as noites, e em boa verdade já se sente bastante hábil na matéria. Está bem grato ao doutor pela dica, mas nem por isso consegue perdoar-lhe um outro conselho que lhe deu logo em criança. Tinha sido ele a segredar-lhe que o banho faz mal à pele, e que para além do mais ainda pode dar em sífilis e falta de apetite sexual. Por causa disso Louis, a quem chamam Sol, tresanda como um animal selvagem. Nem o perfume de patchouli que espalha no corpo a toda hora faz com que o odor se dissipe. Nem o gesto recorrente de abrir todas as janelas a cada vez que entra numa sala faz com que os cortesãos deixem de levar disfarçadamente o lenço ao rosto. Ao rei não lhe preocupam esses gestos de corte. Nem sequer o aflige o terror da perda de apetite sexual, já que na hora de chegar ao leito nunca se vê atrapalhado, nem mesmo depois de ser apanhado numa forte chuvada. Aquilo que deixa desgostoso Louis é o fato de — por carregar consigo aquele cheiro que nenhum banho seco afasta — num dia como o de hoje ter uma dificuldade horrível em sentir, de madrugada, o odor da flor de laranjeira a entrar-lhe pela janela aberta do palácio.

Em Podence é carnaval. Um facanito, aprendiz de careto, corre atrás dos mais velhos na rua principal. Passam por ele as tiras velozes da lã de todas as cores, passam também cajados que vão batendo a pedra do chão, passam as pernas dançarinas das mulheres, e passa ainda por seu nariz o odor do vinho. O facanito fixa uma miúda e corre na sua direção. Ao aproximar-se, ao invés de a chocalhar, retira a própria máscara e coloca-a no rosto dela. Depois correm os dois para o terreiro principal, onde a esta hora da noite os homens já queimam o entrudo. Juntos assistem ao fim das festividades de inverno, e rindo muito celebram o começo da estação nova, que se abre das cinzas à meia-noite.

Um militar segura horizontalmente a ponta da lança, e outro segura o cabo. Um terceiro, à margem, vai levantando a mão de cada vez que quer fazer passar um soldado inimigo sob aquele jugo. Já passaram trinta, ainda faltam outros quarenta e oito.

Num ginásio vazio, a meio da tarde, Franz bate a bola de basquete no chão. Uma, duas, três, quatro, cinco, seis, sete, oito vezes. Depois para. Segura a bola entre as duas mãos. Simula mentalmente um lance ao cesto e não acerta. Então bate a bola outra vez. Uma, duas, oito vezes. Mais um lançamento espiritual e a respectiva falha. Fica assim, entre ritmo e suspensão, até cair a noite. Às onze horas retira-se do círculo que marca o centro do ginásio e dirige-se ao quadro elétrico. Apaga as luzes. Enfia a bola na mochila, veste o sobretudo, e caminha até casa.

Um feto vai-se desenvolvendo com destreza dentro do útero de sua mãe. Mesmo não tendo ainda as orelhas formadas, pode ouvir os sons abafados da louça que é lavada no restaurante onde sua mãe janta com seu pai. Embora esse tinir lhe dê já uma certa segurança que ele não sabe analisar, a sua melodia não se sobrepõe de todo ao ruído aquático que o genoma faz ao formar-se ali dentro da cápsula úmida. Enquanto cresce, aquele ser mínimo sem nome ainda pode ouvir perfeitamente os cabelos ondulantes de sua avó na praia, na tarde em que ela gerou sua mãe. Daquela geração salgada surgiu uma mulher, a mesma que agora leva um pedaço de peixe à boca enquanto o marido arruma os talheres sobre o prato. A praia, o restaurante, a digestão, as palavras amorosas que são ditas para lá do útero que o segura, são hoje todos os elementos necessários ao seu imparável crescimento.

Em Minsk, dentro de um apartamento, um homem desiste de brigar com o anjo da insônia e levanta-se da cama a meio da noite. É janeiro e por isso neva. Para não acordar mais ninguém na casa o homem acende na sala apenas uma luz de presença. Isso permite-lhe ver pela janela os lampiões de rua e as rajadas de gelo que, diagonais, passam raspando nas lâmpadas. Para lá das linhas brancas e das luzes amarelas, um outro homem acende um candeeiro no apartamento do outro lado da rua. Verticais, ambos de pijama listrado, os dois homens ficam frente a frente, cada um encostado à sua janela. Dentro da noite escura. Não sabem o nome um do outro, nem nunca se viram antes. Mas naquela hora solitária eles são parceiros íntimos e sabem-no. Por trás de um vento de neve, um deles acena. O outro acena-lhe de volta.

Uma capivara nada ao lado de uma canoa na lagoa Rodrigo de Freitas. A cada entrada do remo na água, a capivara mergulha o corpo inteiro também.

De mão levantada em forma de juramento, com os pés assentes na terra molhada do Jordão, um rei diz a outro rei que não deseja para si nenhuma recompensa. Nada. Nem um fio, nem sequer uma correia de sandália.

Evelyn, que acorda todos os dias a espirrar desde que se lembra de ter virado a adolescência para a idade adulta, escuta o doutor no consultório dizer-lhe que não tem alergia nenhuma. A nada — nem aos ácaros, nem à beterraba, nem ao pólen, nem à umidade, nem a nozes, nem sequer à luz da manhã.

Uma semente de mostarda cai sobre o avental branco de uma mulher. A mulher está na cozinha, sentada num banco corrido de madeira. São cinco da tarde em Delft e a luz tênue, alaranjada, entra pela janela. Bate no vestido da mulher, que é azul-ultramarino. Na cabeça ela tem uma touca, que é mais branca ainda que o avental, e de dentro da qual saem dois ou três tufos de cabelo desalinhado. A mulher é grande e isso nota-se especialmente nos braços, largos como troncos. A esta hora ela separa devagar e com muita clareza as sementes de mostarda. Ao ver uma delas cair-lhe sobre o colo, para tudo o que está a fazer e fixa-se naquele ponto amarelo, irrepreensível. *Parece Deus*, pensa, *parece Deus ou um menino, aquele que nunca cheguei a parir por ter dedicado a vida toda à separação dos grãos.* Depois a mulher ajeita-se melhor no banco e sacode o avental. Recomeça a tarefa de um dia inteiro, que o sol está quase a pôr-se e sem a luz do dia é que não se vê mesmo nada. No chão, sobre a tijoleira, um grão amarelo tremeluz abandonado, sem cessar.

Um peregrino atira a mochila ao chão. Senta-se sobre um marco de beira de estrada e cruza um pé sobre o joelho. Tira primeiro o sapato, depois a meia. Com as duas mãos em concha, segura o calcanhar. Levanta os olhos de maneira horizontal e vê ao fundo a catedral. *Não é para já*, pensa. Abre a mochila, tira lá de dentro um band-aid, e com ele cobre uma bolha cheia de líquido. Volta a calçar a meia, depois o sapato, e faz-se mais uma vez ao caminho.

Veste uma camisa verde-amêndoa, aberta até metade do peito. O triângulo de carne que fica a descoberto, aquele que liga ambas as clavículas com o centro do seu osso esterno, deixa adivinhar que tem passado os últimos dias ao sol. Tem o torso castanho. Os cabelos encaracolados e mal cortados revelam o verão também, já que estão bastante mais amarelos do que seria de supor. Está sentado à mesa, com as pernas abertas e fletidas em V. Os pés, calçados de tênis brancos, tem-nos encostados um no outro, sola com sola. Quem passe por ele no restaurante não consegue deixar de visualizar um corpo novo, perfeitamente geométrico, feito de triângulos amontoados. Quem passe por ali, aliás, não consegue evitar fixar-se nele. Mas o homem hoje não vê ninguém. Traz o cabelo tão comprido, tão desalinhado, que os caracóis lhe caem sobre os olhos. E a única coisa que quer ver é o bolo de cenoura que tem no prato sobre a mesa. Não come há cinco dias. O tempo que passou na montanha foi todo dedicado à busca dos cogumelos chifre-de-veado, que são vermelhos como as mãos de uma mulher. Achou alguns, não muitos, e de todas as vezes que isso aconteceu sentou-se sobre a terra a olhar para eles. Não foi à montanha para colher, mas sim para ver. Aliás o homem sabia bem que se tentasse sequer tocar nalgum daqueles *Podostroma cornu-damae* o seu corpo responderia logo com tremores, vômitos, diarreia, febre, quem sabe até a morte súbita. Aquele fungo com nome de bicho e cor de mulher podia dar cabo dele num instante. Não lhe tocou. Agora, depois de cinco dias de caminhada, o homem brinca com o garfo no bolo e pensa nas relações entre animais e gente, entre plantas e farinha, entre corpos e geometria. Faz de tudo para não pensar na óbvia ligação entre o chifre-de-veado e a sua ex-mulher, que na verdade ele já nem sabe onde está, com quem vive, como se veste ou que automóvel guia. Naquela cidade de pé de montanha é que não está com certeza. Seja como for, pensa, ela é tão inatingível agora como um cogumelo do mato. Esquece o tema e leva o garfo à boca para finalmente saborear a cenoura doce. Por estar cansado, ou quem sabe frágil, a mão treme-lhe no caminho e aquele pedaço de bolo cai afinal no triângulo aberto da camisa, aterrando-lhe logo no umbigo. De repente, sem o homem perceber como, uma mão vermelha, feminina e muito familiar, entra na camisa verde-amêndoa para dar cabo da geometria. Às apalpadelas acha-lhe o alimento perdido junto ao ventre. Encosta a palma quente ali primeiro, entre bolo e pele, e depois encosta a testa na sua. De olhos esbugalhados, no meio dos caracóis amarelos, o homem descobre de novo a mulher. E treme, como um veado treme na noite escura da floresta.

Um melro pousa as duas patas no galho mais forte de um plátano, e canta.

Esopo, tendo dormido a tarde inteira à sombra de uma acácia, é despertado pelo incômodo ruído de uma cigarra. Levanta-se então depressa e feroz, pronto a acabar com a vida daquele inseto com a facilidade de uma bofetada. É já de mão bem aberta, e com a cigarra a fixá-lo à medida dos olhos, que escuta o animal pedir-lhe perdão de viva voz.

— Salva-me, por favor, meu bom ouvinte, que eu não queria despertar-te, só queria participar na festa dos bichos em teu sono.

Isto serve para que Esopo reconheça os seus mestres na vida clara, e os seus mestres são afinal os animais. Serve ainda para que não mais se revolte com eles, e para que leve os seus ensinamentos orais aos homens todos. Esopo baixa a mão e inicia então o seu caminho a pé, devagar, na direção de Delfos.

A casa está toda às escuras. Uma criança de oito anos está há meia hora à porta do quarto dos pais, em silêncio, tentando encontrar finalmente o gesto certo que lhe permita entrar. Um que não envolva gritos do lado de lá, nem bofetadas, nem sequer um olhar de reprovação. Enquanto pensa na melhor e mais mansa forma de se fazer ouvir, repara que hoje conseguiu sozinha, e em pijama, atravessar o longo e preto corredor desde a sua cama até ali.

Um homem segura outro homem pelos colarinhos e encosta-o à parede, no alto. Depois põe-no no chão, fixa os olhos nos olhos dele, cospe-lhe na cara e deixa-o partir.

Por entre as colunas do claustro de Acaia, em Patras, Theodora vai dando toques habilidosos numa bola de futebol. Está sozinha, e brinca entre os pilares como se fizesse parte de um time de velhos deuses invisíveis. Vai passando a bola da cabeça para um joelho, desse joelho para o outro, dá ainda um toque com o peito e depois leva-a aos pés de novo. Ao fim de duas horas de jogo está cansada, chuta a bola para longe, e abandona tudo. Desce a estrada a pé, descalça, sem nunca olhar para trás.

Uma rã-touro mergulha nas águas aparentemente paradas de um lago americano. Enfia o seu corpo largo, amarelo e negro sob um nenúfar. Como certos amantes assustados, a rã-touro tem a certeza de que quando fica no escuro nada nem ninguém a pode ver. Se os olhos estão bem fechados, então o corpo está bem escondido. Jim observa aquela *Rana catesbeiana* de longe. Sorri. Parece-lhe que foi ontem que segurou o seu girino na mão, e aquele corpo anfíbio tinha a medida exata da sua palma direita. Anos mais tarde, no liceu, o professor apresentara um exemplar daquela mesma raça sobre a mesa, pronto para ser dissecado. Jim, na época adolescente, retirara-se da sala para vomitar. Desde criança que amava aqueles corpos gigantes, carnívoros e tímidos como ele mesmo. Hoje Jim é um reconhecido herpetólogo, e cumpre a profissão sem nunca sequer ter aberto ao meio nenhum réptil, nenhum anfíbio. E agora tem aquela velha rã-touro, a inicial, novamente na sua frente. Espreita-a de longe e vê como ela, passados os três minutos de respiração sustida sob o nenúfar, salta para a terra úmida. Ignorante da presença do homem na margem, canta um canto que faz mesmo lembrar um rugido bovino. Jim retira então os óculos e limpa-os nervosamente à camisa. Chora, escondido entre a folhagem, de olhos fechados, com a certeza de que nada nem ninguém o pode ver.

Leonardo, já velho e de braço paralisado, desenha o Dilúvio. Não é a primeira vez que se dispõe a traçar a água. Numa ocasião tentou até descrever por palavras a espiral líquida dela, mas o texto ficou demasiado confuso e isso deixou confusos os seus contemporâneos. Afinal ele era Leonardo e tinha o poder de descrever tudo, desde o músculo esquerdo da pata de um cavalo até ao mapa aéreo de uma cidade italiana. Mas com a água era diferente. A água estava em tudo e percorria tudo. Quando Leonardo tentou passar esse movimento para o papel através de símbolos descritivos, alguma coisa na corrente se cortou. Ainda assim, dessa vez, ele conseguiu visualizar a espiral em câmera lenta e desenhou-a com perfeição. Mas agora está velho e só consegue imaginar o Dilúvio. Enquanto o desenha, pensa naquele homem que conheceu no Hospital de Santa Maria Nuova em Florença — tinha cem anos e todos os dias lhe dizia que se sentia bem. Passou com ele uma semana, e ao sétimo dia o velho morreu, tranquilo. Leonardo fez-lhe a vênia e uma hora depois pegou no bisturi para abrir o seu corpo. Examinou cada órgão, e desenhou todos. No momento de desenhar o sangue, dividiu-o em dois sistemas: o da vitalidade, associado ao coração e carregado pelas artérias; e o da nutrição, originado no fígado e diluído pelo corpo inteiro através do sangue que corre nas veias. *O líquido é que nos sustenta*, pensou Leonardo nessa altura. Agora que está velho, quase da idade do homem do hospital, conserva a mesma opinião. E com o braço já paralisado, de lápis na mão, tenta desenhar a água diluvial, final, que consegue visualizar perfeitamente, dentro e fora do seu corpo humano.

Uma mulher a quem alguém um dia chamou Mãe atravessa a planície num trono atrelado a uma parelha de leões.

Isabel desenha uma cruz na testa de João, como quem lhe dispensa a bênção eterna e pura.

Um homem perde terras inteiras e os poços de água delas, tudo em nome de um prato de guisado vermelho e de um pedaço de pão.

Está um monstro sentado no canto do quarto. Pela posição dos joelhos — juntos, fletidos, encostados ao torso azul — dá para ver que está triste. Esta noite o monstro está mesmo muito triste e nem o pôster debaixo do qual se esconde lhe arranca a aflição. O monstro estranha isso. Afinal, nos últimos anos, sempre que se encostou àquele enorme papel o seu medo foi todo embora. O papel é pardo e tem desenhada a lápis a nuca de Björn Borg. Na parte superior está escrito à mão "Roland Garros", na parte inferior a data "1981". No mesmo desenho, a apertar os cabelos amarelos do tenista, há uma fita pintada a três cores: vermelho, azul, branco. As mesmas cores que compõem o corpo do monstro há mais de vinte anos, desde a manhã em que um rapazinho chamou por ele e logo o fez surgir. Foi um dia glorioso, o monstro lembra-se bem, aquele em que lhe foi dada a oportunidade de finalmente ganhar corpo. Desde aí entre ele e o miúdo foi quase tudo diversão. Juntos enfrentaram os piratas, os cowboys, e até os mal-humorados tenistas americanos. Ignoraram os gritos que inundavam os corredores do lado de fora do quarto, construíram carros em meccano, abanaram os leques de penas de quetzal, sopraram restos de cotão para o alto. Preencheram papéis universitários. Rejeitaram várias ditaduras e assistiram à queda de um muro na televisão. Quando o rapaz entristecia, o monstro entristecia com ele. Quando o rapaz ria, o monstro ria com ele. Mas hoje, esta noite, o rapaz entrou no quarto e não o viu. O monstro bem esbracejou. Fez piruetas sobre a colcha, dobrou em partes a folha branca e lançou um aviãozinho, assobiou. Nada. O rapaz chegou cansado e deitou-se a dormir. E agora o monstro está sentado no canto do quarto, sozinho, com lágrimas amarelas a escorrerem-lhe desde o rosto azul até ao papel pardo, sem nada nem ninguém para o socorrer. O monstro está a morrer e sabe. Porque os monstros não morrem de nada — nem de constipação, nem de enfarte, nem de corrente de ar — a não ser de uma aflição. Os monstros, como alguns homens mais azuis, só morrem de solidão. Invisibilidade e aflição. Hoje o monstro está sozinho, num canto do quarto, a despedir-se do mundo. Agarrado a um ícone, como dizem que acontece aos melhores santos.

De manhã, junto ao Nilo, um homem lança a grande rede até à margem. Num gesto só consegue capturar hoje quinze patos, e dá o dia por conseguido. Embora não seja ministro nem ocupe no Egito nenhum cargo semelhante, dá por si a imaginar a hora em que o faraó o recompensará com uma condecoração. Sentado na areia molhada e de olhos fixos nos próprios pés descalços, consegue já visualizar o seu corpo desenhado num mural, e as correspondentes aves negras esvoaçando em volta dele. No canto da pintura — que com certeza há de deixar a sua mulher orgulhosa, imagina ele ainda — um olho (⌒) e um trono (♩) darão a bênção à sua profissão da vida inteira. Será Osíris a agradecer-lhe publicamente os gestos num mural eterno, tal como aqui na vida breve e privada o deus faz a cada manhã. Depois de visualizar tudo isto o homem pega nas redes e coloca-as nas costas. Antes de se retirar da margem e caminhar até casa, traça na areia uma bandeira (⅂). Para que não restem dúvidas sobre a natureza dos seus movimentos, para facilitar a tarefa ao escriba que um dia ainda desenhará o nome de deus junto ao seu corpo nobre.

O cavalo do fugaz primeiro-ministro, pintado sobre tela por um famoso artista do reino, equilibra-se sobre as duas patas traseiras há mais de duzentos anos. Apesar de ser um garanhão de grande porte, o bicho acusa já sinais de cansaço. E a tela, mesmo estando pendurada numa das salas mais nobres da galeria nacional, começa lentamente a craquelar. Para além disso, e mesmo que quase ninguém repare, as crinas do animal ficam, a cada dia, mais brancas.

Mercedes passou as últimas duas horas no escritório. Está sob a luz verde de um candeeiro, daqueles de barco ou biblioteca, e escreve finalmente a carta. Há anos que não dá notícias a Rodolfo. Desta vez é que disse tudo. Contou o que se passou na despedida e por que é que ela tinha que existir, explicou o que sucedeu depois, para onde se mudou, o que come agora, de que maneira se protege do frio, que línguas fala, como se desvia do perigo. Tudo. Ao fim de duas horas, já de pulso entorpecido, pousa a caneta. Levanta os olhos para lá do verde escuro e fica quieta. Depois leva as duas mãos à boca e sopra nelas, não para dar boa sorte ao remate mas só mesmo para se aquecer. Faz frio em fevereiro. Espreguiça-se. Levanta o corpo da cadeira e empurra devagar a mesa para dar espaço à retirada. Nesse movimento, que é mínimo, a mesa treme e faz verter o copo cheio de nanquim que Mercedes usara antes para desenhar. A tinta da china escorre sobre a mesa inteira, e apanha no derrame a maior parte do papel de carta. Mercedes sente pena. Amanhã — pensa — há de limpar a mancha preta na madeira, e deitará fora tudo o que ficou inutilizado. Dirige-se para a porta, apaga a luz e sai do escritório.

Uma árvore *Pinus longaeva*, nas White Mountains da Califórnia, é batizada com o nome de Matusalém.

Catão, de cabeça baixa, espera às portas do purgatório por um poeta amedrontado. Tem a espada numa mão e o livro na outra. Por estar naquele lugar há muitos séculos, e por aquele ser o lugar que é, Catão consegue ter uma percepção contínua e descontínua do tempo. E embora na maioria dos dias esse seja precisamente o terror daquele local, hoje ele até consegue entender o lado bom da coisa — já que, ao avistar o poeta caminhar ao longe, na sua direção, consegue ver nas costas dele, e à distância de um palmo, um outro poeta. Alighieri traz Melville na sua trilha. Os dois hão de escrever sobre si e sobre a sua espada, mesmo que naquele caminho sem tempo eles ainda não o saibam. Para não dar muito nas vistas e para adiar um pouco a pena aos poetas, Catão, o Jovem deixa cair a espada sobre a rocha. O livro, esse, esconde-o na própria túnica. Recebe então o poeta de braços abertos, sem nada a pesar-lhe nas mãos, sem nada que se possa negociar. Coloca a mão junto ao seu ouvido e sussurra-lhe: *Aqui a selva já não é tão escura.*

Bandos de morcegos giram em volta de uma laranjeira na costa algarvia.

Luigi senta-se ao lado de Giuseppe para comporem mais um livreto. Sendo Luigi bom de enredos, e Giuseppe bom de versos, juntos com certeza hão de saber contar uma bela história. Não é fácil. A esta hora na taberna as coisas já aparecem meio turvas, e arranjar uma nova fábula entre gritos e apitos é uma tarefa um pouco inglória. Luigi coça a cabeça — lembra-se de que ali, naquele espaço agora vazio por onde passa a mão, costumava existir uma orelha. Perdeu-a num duelo por conta de uma mulher, mas já nada disso dói. Tudo passa, e até um corpo se refaz. É com isso em mente que pisca o olho a Giuseppe e recorda-lhe que do velho também pode sair a novidade. Do bolso do colete tira então uma carta de Giacomo, na qual ele lhe pede que por favor preste atenção à peça de Victorien, o espírita francês. Brigas revolucionárias, a República de Roma, veneno escondido num anel: está tudo ali, condensado num dia de dezoito horas, só à espera de ser passado a limpo até ao ponto musical. Sentam-se então lado a lado, Luigi e Giuseppe, e juntos compõem uma ópera até ao nascer do sol.

Na hora do recreio, junto à baliza, uns quantos rapazes e raparigas estão perfilados em círculo. O mais alto de todos, mesmo não sendo o mais velho, tira sortes para decidir qual dos onze será o goleiro desta vez. Para concentrar-se melhor, coloca o pé direito sobre a bola. Ajeita a camiseta, afina a voz, abre o peito e começa: *Um-dó-li-tá quem está livre-livre-está.*

Um pescador pisa raminhos de trovisco junto à margem do rio durante toda a manhã. À tarde, há de lançá-los à água. Se tudo correr como de costume, ao fim do dia já terá os peixes suficientemente adormecidos para que os consiga apanhar com facilidade.

Todas as manhãs, junto ao relógio, uma mulher empoleira algum objeto sobre o ombro. O objeto umas vezes está vivo e outras vezes não. A coisa — a peça, o acessório ou a substância — vai variando conforme o humor da mulher e também conforme os seus desejos. Se alguém por acaso, num dia aleatório, entrasse na sala assim de rompante ia mesmo parecer que aquele elefante de jade do tamanho de uma noz sempre tinha passeado ali, sobre o ombro da mulher. Noutro dia o tal transeunte podia encontrar um ramo de manjericão, pequenino, de três folhas só, caído junto ao acrômio dela. Ou um anel. Às vezes sete pedras de sal, outras vezes um livro aberto, outras ainda uma grande folha de bananeira. A folha colocada assim parecia brotar, porque quando as coisas eram vivas dava a impressão de terem mesmo crescido ali, com água e sol por perto, enxertadas no lado superior esquerdo da mulher. Quando as coisas aparentemente estavam mortas, como seria o caso de um copo de mescal feito de bambu, a mulher parecia só carregar uma memória longínqua aos ombros. Hoje, que já são nove e meia e felizmente ninguém cruzou a porta, a mulher equilibra uma pedra. Sobre a linha de carne que lhe liga acrômio e clavícula ela tem esta manhã empoleirado um seixo, nem grande nem pequeno, que há dois anos achou caído junto ao muro da casa onde cresceu.

Nadav retira o quipá da cabeça e encosta-o ao rosto. Está tão triste, e há tanto tempo, que se deixa cair num pranto para dentro do tecido que há mais de vinte anos o acompanha.

Um guardador de gado, natural do lugar de Pomarinho, senta-se na erva durante a pausa de almoço. Tira do bolso um aparelho a pilhas, liga-o, e coloca-o a seu lado no chão. Encosta o cajado à perafita. Depois de abrir o farnel e dar a primeira colherada na açorda de poejos, telefona para a rádio local e pede uma canção sertaneja. Acontece então, em onda média, um temporal de amor na planície alentejana.

Durante uma *acqua alta*, Natalina acha-se sozinha na sala principal. Tem a certeza, mesmo assim a olho, de que a maré já vai muito acima dos cento e vinte centímetros. Desata a levantar tapetes, cortinas de veludo, e até mesmo qualquer pintura que esteja pendurada abaixo da linha do seu ombro. Natalina tem a estatura normal de uma mulher do Vêneto — não é pequena, mas também não é grande. Grande é mesmo a subida das águas que desta vez surpreendeu todos no palácio, mesmo os que lá servem desde crianças. Maior ainda é a sensação que Natalina carrega no peito, uma que lhe diz que todas as condições — climáticas, sagradas, sociais, familiares — estão a mudar a uma velocidade louca. Natalina não gosta das coisas velozes. Para sossegar aquela intuição, canta. Canta enquanto espreme devagar, uma vez e outra, o pano encharcado para dentro do balde.

Embrenhado na taiga siberiana, um cervo-almiscarado caminha solitário durante a noite. Mais tarde, quando o sol começar a nascer, há de regressar à toca habitual. Voltar nem sempre é simples, mas porque ele costuma fazer o mesmo caminho para lá e para cá, uma senda escura marcada na neve facilita-lhe a tarefa. De vez em quando para, olha em volta, e solta um silvo muito suave. A floresta escuta-o. O cervo segue o seu trajeto, agora numa passada mais lenta, farejando as pedras. Sempre que encontra líquen, lambe--o até ficar satisfeito. Na taiga, durante a noite, a maioria dos outros animais não vê o cervo passar. Mas nenhum deles fica imune ao rastro que o seu doce odor de almíscar deixa marcado na floresta.

Em criança não sabia bem diferenciar as cores. Não era que tudo lhe parecesse plano ou sem superfícies distinguíveis. Era mais o contrário. Enquanto foi pequeno todas as coisas, vivas ou mortas, lhe saltavam à vista. Em adulto percebeu que para tudo era preciso uma escolha, então decidiu-se por prestar mais atenção ao que era azul e ao que era vermelho. Deixou mais ou menos as outras cores para trás, e as coisas que elas envolviam. Um dia, no intervalo entre reuniões de trabalho, entrou numa loja de artigos desportivos e reparou sem querer numa mochila amarela. Para passar o tempo resolveu pô-la nas costas, só para ver que tal a variação. Olhou no espelho e viu, pela primeira vez em trinta anos, como as asas de novo lhe saltavam das omoplatas. E riu. Riu bem alto, como na idade em que pedalava em fluorescência.

Um homem crava várias vezes a faca num pedaço de osso de cachalote. Esculpe aquele *scrimshaw* em movimentos compassados, que acompanham o bater do barco nas ondas do Atlântico. Até embarcar o homem não conhecia o significado da palavra desenho, e nem da palavra saudade. Mas desde que as suas noites são muito mais aquáticas do que alguma vez foram terrestres, ele mistura os dois vocábulos com toda a perícia no esqueleto da baleia. Que, para sobreviver a tudo, ele precisou matar.

Carmen ajeita um pouco para a direita o abacaxi falso que há mais de duas horas carrega sobre a cabeça.

Sofonisba aproveita que é o dia de anos e pinta um retrato de si mesma. Já são setenta e oito, mas o azul dos seus olhos ainda vê tudo na perfeição. Meneia o pincel com tanta destreza que, por um momento, distrai-se do tema recorrente e fixa-se apenas na velocidade que a tinta pode atingir. *Parece mesmo uma cobra a deslizar sobre um império*, pensa Sofonisba. Sorri. Sorri sozinha de frente para a pintura, mesmo sabendo que nunca está sozinha. Lá atrás, no outro quarto, Orazio vai amontoando relíquias marítimas trazidas de tantas viagens mercantis. A respiração colecionista daquele que é o seu segundo marido mas talvez o grande amor, de alguma maneira, sossega-lhe a mão. Sofonisba imagina não ser por acaso que as cobras lhe apareçam agora com tanta recorrência — afinal, é delas que descende o seu nome. No escudo da família aparece, desde que se lembra, o grito *Anguis sola fecit victoriam*. A mulher sabe que certas vitórias só podem mesmo surgir na solidão de um quarto. Está velha, e não é a primeira vez que se atira ao autorretrato. De todos, o seu preferido é aquele que pintou aos vinte e quatro anos, a aquarela, num medalhão de oito centímetros. Coloriu-o numa tarde só, enquanto as irmãs mais novas jogavam xadrez no jardim. Desta vez é de outra maneira. Agora Sofonisba troca o fundo verde por um fundo negro, desenha-se sentada e não de pé, já não carrega um escudo nas duas mãos. Aos setenta e oito anos, a mulher pinta-se a si mesma segurando um livro na mão esquerda e um recadinho na mão direita. Sabe que a posteridade se aproxima. No rastro-cobra do pincel consegue ver o reflexo dos corredores dos palácios, a cauda do vestido da rainha e a cauda do rio Pó, as roupas conventuais da sua irmã Elena, instrumentos musicais. Vê ainda os sapatos papais, as mãos de Fabrizio, a quem também amou, a barba negra do mestre Bernardino, uma zibelina de olhos bem abertos e os esboços de Michelangelo. Pinta-se vestida de negro, em fundo negro, de corpo caído sobre um cadeirão vermelho. Termina o retrato e pousa as duas mãos no colo. Diz de cor as palavras que inscreveu a letra pequena naquele recado da mão direita. Nunca as revelará. Depois levanta-se e caminha para a porta, numa passada lenta e nobre, como a mulher de Cartago que sempre foi.

Numa planície portuguesa, longe dos cavalos e dos bois, uma criança aproxima-se de um pinheiro. Reparou na árvore porque atado ao seu tronco alguém deixara um recipiente côncavo, circular, que em tudo lhe faz lembrar a taça onde todas as manhãs come os cereais. Quando se chega realmente perto, a criança observa que o recipiente serve de contenção à ferida que se apresenta na casca do pinheiro. Da árvore escorre um líquido pastoso e branco, impossível de se resistir. A criança coloca então o dedo na taça e brinca com ele na resina por um bom bocado. Até que ao longe escuta o galope dos cavalos e, por ter crescido na planície, sabe bem que é hora de se afastar. Retira o dedo da secreção e, por respeito e camaradagem, leva-o à ferida que também ela tem no joelho. Arde, é certo, mas com os calções já muito pegajosos e a caminho de casa, lembra-se do que sempre lhe disseram: *Tudo o que arde cura.*

Jonas está sozinho e cansado na caverna. Não pode mais com o eco da sua própria voz como única companhia. Para melhorar as coisas, sente-se já um bocado engripado por usar as mesmas roupas molhadas há três dias. Ainda assim não deixa de se espantar com o fato de ser um dos poucos homens a quem foram dadas a ver as raízes das montanhas, lá no fundo do mar, e de ter voltado para contar a história. Enquanto a conta a ninguém, vai soltando uma a uma as algas que estão pegadas à sua cabeça. Quando retira a última, a mais verde de todas, a caverna dentro da qual repousava há tanto tempo revolve-se num espasmo e vomita-o na praia. Mais espantado ainda, Jonas repara que a caverna era afinal o bicho, um que nada agora para sempre para longe dele.

Charlie coça o bigode. Ou coça o espaço sobre a boca onde até há bem pouco tempo costumava estar um bigode. Ontem, antes de adormecer, pôs-se a ouvir ininterruptamente uma famosa ópera italiana. Esta manhã passou a lâmina sobre o rosto e deixou-o todo limpo. Depois sentou-se à mesa, ainda com a boca molhada, e compôs uma canção. É um instrumental em ré menor. Não tem palavras porque não precisa. E embora Charlie saiba bem que, assobiada, a canção em tudo faz lembrar uns olhos operáticos muito abertos, esta é nova. Mais moderna. E vai assentar que nem uma luva no seu próximo filme mudo.

Eram onze irmãos. Os seus pais, por sorte, morreram antes de qualquer um deles. Todos cresceram mais ou menos saudáveis, a maioria casou, teve filhos, teve netos. Nenhum dos onze esqueceu a infância alegre em Vila do Conde mas claro que com o tempo foram envelhecendo. E numa ordem meio aleatória foram também morrendo. Um por um, até sobrarem apenas duas raparigas: a quinta mais velha, agora com noventa e oito anos, e a mais nova, agora com oitenta e sete. Falavam todos os dias por telefone até ao dia em que o telefone da mais velha parou de tocar. Nesse dia todos os seus filhos e netos correram para a sua casa. Quando os viu chegar, ela, que passara toda a manhã em silêncio, chorou. Nenhum deles a tinha visto chorar antes. Choraram também. A sua neta do meio sentou-se a seu lado e ela disse-lhe que agora tinham ido todos. Que a irmã era a última da trupe de Vila do Conde e que agora só sobrava ela. Depois fez silêncio outra vez, para dar um espaço à lágrima. Quando a água lhe ia já lentamente a meio do rosto, recuperou o sopro e disse: *Acostumamo-nos a tudo, menos à morte. É como um foguete que nos atinge e nos deixa quietos.* E ficou quieta, de mão dada com a neta do meio, deixando cair as velhas pálpebras sobre dois grandes olhos azuis, agora cegos. Adormeceu enfim, sem saber que naquele segundo, quase um século depois de nascer, entregara um tesouro simples e fundamental a uma mulher de trinta e seis anos. Essa mulher leva agora a mão ao ventre, e sente remexer-se dentro uma memória vila-condense humana, viva, cheia de futuro.

Quatrocentos quilômetros acima do planeta Terra, uma astronauta acorda de manhã e flutua até à máquina de café. Depois de algum esforço consegue finalmente encher o invólucro prateado com água. Dá tempo à água, para que a água se misture com o pó. Daquela fusão resulta um líquido acastanhado, um tanto ou quanto esquisito, mas ao qual ela já quase se acostumou. Segura o invólucro como pode, deixando que a ausência da gravidade faça todo o tipo de piadas com o seu corpo e com a ligação dele aos objetos. Aproxima-se da escotilha. Encosta a cabeça e as duas mãos ao vidro temperado de aluminossilicato e, de canudo preso entre os dentes, vai sorvendo o café enquanto observa o seu planeta de longe. Sente falta de uma manhã GMT+5 em Karachi. Sente falta dos bichos. Sente muita falta de ouvir de repente uma canção que não tenha sido ela mesma a escolher. Mas acima de tudo sente falta do cheiro surpresa do café fresco, líquido, jamais contaminado pelo forte odor metálico que no espaço toma conta de tudo.

Anton, por precaução e por respeito, planta uma roseira na ponta direita do corredor das videiras que ainda ontem lhe foram deixadas em herança. Sabe bem que o bicho, sempre que quer estragar a festa e envenenar o cultivo, entra primeiro pela flor.

Em São Francisco, na Old Clam House, uma senhora de meia-idade está sentada ao balcão. Os joelhos, tem-nos encostados aos azulejos azuis e amarelos que — a julgar pela idade do restaurante que dizem ser o mais antigo da cidade — já lá estavam muito antes de o seu pai nascer. Tem saudades do pai, mas agora não quer pensar nisso. Pede então uns bolinhos de caranguejo para matar a fome, e a acompanhar um copo de sumo de amêijoa. Gostaria de rematar o petisco com um bom brandy, mas por conta daquilo a que o doutor Harrison chamou um problema de quase-alcoolismo, limita-se a pedir a conta. Limpa os cantos da boca ao guardanapo, retira os joelhos quentes do ladrilho, e sai.

Rufo, agora com oito anos, brinca com um grande ramo de cipreste sobre a terra amarela de Cirênia. Por aquela paisagem se situar tão perto do mar, e por ser ainda cedo na manhã, o ramo está úmido de orvalho e de sal. Quebra-se então nas suas mãos, deixando-lhe cravada num braço uma farpa. Aquilo mal se sente, de tão flexível que anda a madeira nesta altura. Ainda assim Rufo não consegue deixar de estar consciente daquele lenho mínimo durante o dia inteiro. E mais: a partir do golpe, por alguma razão que nem entende, o nome de seu pai vem-lhe à boca a toda hora. Sabe que mais um bocado e o pai, que se chama Simão, há de voltar para casa depois de uma viagem de semanas durante a qual não deu notícias. *Quando o vir*, pensa Rufo, *pergunto-lhe por quanto tempo uma farpa devota arde num braço.*

Um bonobo macho passa a mão no rosto de um bonobo fêmea e, sem entender ainda por quê, alguma coisa no seu estômago se revolve e salta e urra e chora e ri e nasce e se desmancha ao mesmo tempo.

Numa praia de Cabo Polônio, Lautaro está sentado sobre um rochedo. Primeiro desenrola devagar o emaranhado de guardanapos em que sua mãe envolveu o sanduíche de mortadela. Depois espreita para trás, por cima do próprio ombro. Talvez para ver se vem alguém, talvez para deitar só mais uma vez o olho ao farol. Lautarito já gostava daquele farol mesmo antes de gostar de mortadela, e tem o tique secreto de olhar sempre para ele antes de proceder a um gesto. Considera que mais ou menos todos os gestos são importantes, e gosta de abençoá-los assim mesmo, com uma superstição. Claro que isso só é possível quando está em Cabo Polônio, mas Lautaro regressa a Cabo Polônio a cada verão com a família. E quando lá está, sempre que pode, senta-se sobre as pedras ali mesmo. Quando termina com as superstições e com a tarefa difícil de desembrulhar o pão, o rapaz fica com ele na mão por um bocado a olhar o mar. Espera leões-marinhos. Ou espera quem sabe por Martina. Lautaro, sempre que se senta num rochedo, dispõe-se a esperar pelo júbilo.

Uma mulher, com o vestido todo molhado de suor por ter dançado a noite inteira, segura uma bandeja onde jaz a cabeça de um homem. Está escuro no palácio e ninguém vê, mas nessa hora o transpirar das mãos dela e o sangue da garganta dele misturam-se para sempre.

Arthur observa uma fotografia onde aparece uma menina com quatro fadas em volta. De lágrimas nos olhos, e finalmente sem pensar em Watson nem em Holmes, medita sobre o fato de nunca antes ter olhado para uma imagem tão verdadeira. Coloca a fotografia dentro da enciclopédia e sai da biblioteca para fazer o jantar. É já entre o cheiro do tomate fresco e do refogado que ele percebe o óbvio: acredita muito mais nas fadas do que na menina.

Num caminho coberto de neve, atrasa os próprios passos. Vai prestando atenção a todas as coisas vivas que não fazem barulho, tem tempo para isso. Entre uma pegada e outra não pensa em nada, observa apenas a trilha recortada que um corpo, neste caso o seu corpo, vai deixando num mundo ímpar. Sabe que há gente que já morreu que com certeza andou por ali. Sabe que há lobos por perto e que a ventania faz das suas naquele branco sempre que pode. Nada o espanta. Tudo o excede. Caminha até parar de caminhar. E sem pensar nas coisas, é cúmplice das coisas.

Dagoberto enfia um punhal na barriga de Agustín. O movimento é rápido, muito eficaz, mas isso não impede que Dagoberto sinta na própria mão, um após outro, a pele de Agustín, a epiderme dele, o seu estômago e até metade da estrutura de seu fígado.

É sexta-feira, e como em todas as sextas-feiras desde que se lembra de existirem sextas-feiras, Alice sai para jantar fora com os seus pais. Como em todas as sextas-feiras os seus pais ficam sentados à mesa até que os empregados do restaurante, sonolentos, lhes entreguem a conta. Alice, como em todas as outras sextas-feiras, está de pé na frente do aquário, tentando fazer contato com as lagostas que desesperadas e amontoadas batem no vidro com as suas antenas vermelhas.

Um barco navega sozinho no Oceano Índico há vários dias. Todos os tripulantes estão mortos.

Nas traseiras do mercado de Uruapan, perto da meia-noite, dez raparigas e rapazes vão chegando ao retângulo de jogo. Vêm vestidos de branco. Alguns trazem na mão os bastões, outros, velhos cabos de vassoura às quais arrancaram antes as cerdas. Para praticar este desporto ancestral qualquer cajado serve, desde que seja agitado em consciência. As regras da partida são mais ou menos as mesmas que aquelas que se praticam no hóquei em campo — a bola substitui o disco, e quem conseguir marcar no campo oposto, ganha. Hoje quem traz a bola é Cristóbal, o mais velho. Ao chegar, pede ajuda a Martín e a Verónica, e os três, juntos, mergulham a esfera em gasolina. Os trapos da bola levantam imediatamente a labareda, iluminando todo o campo de cem metros. Então os rapazes e as raparigas dividem-se em dois grupos, um time de cinco para cada lado, e começam a jogar hóquei de fogo. Aquela bola assim acesa, a rodar sobre o cimento, parece assanhar a magia em Michoacán. Cada jogada faz a bola girar em chamas, trazendo o movimento do sol para o fundo da noite. Cada gol marcado é um ponto para a luz. Esta noite — como em tantas outras noites no mercado —, durante um jogo de hóquei de fogo, o bem vence o mal às cambalhotas.

Antes de ir visitá-la, é o ritual do costume: sai até ao alpendre, desce os três degraus que rangem mais ou menos sempre na mesma língua, atravessa o descampado (que mede vinte côvados certinhos) e dirige-se ao charco. Chegando lá, põe-se de cócoras. Espera o tempo que for preciso. Tarde ou cedo, os pirilampos, acostumados que estão à sua presença, começam a pousar-lhe sobre a roupa. Apanha uns três ou quatro, que enfia com delicadeza no bolso da camisa. Sabe que aquilo não os mata, os bolsos dele são sempre arejados. Retira-se, fazendo o caminho de volta, mas agora com pequenas luzes a incandescerem em círculos no seu peito. Entra em casa, calça as botas, e sai pela outra porta. Está pronto e arrumado para encontrar-se com ela.

Pablo, solitário no quarto, encosta o arco às cordas do violoncelo e desfere o primeiro acorde da *Suíte nº 6 em ré maior.*

Dois dias depois do Natal, três irmãos jogam à bola na mata perto de casa. São cinco da tarde e o dia já está quase escuro. Ainda assim, e porque há quem diga que as crianças veem melhor no lusco-fusco, logo após o último gol marcado o irmão do meio alerta os outros dois para a presença de um animal escondido entre as ervas. Aproximam-se dele, curiosos. O mais velho explica: *É um ouriço-cacheiro. E está morto.* Abandonam então o futebol e pegam no animal, que enterram com cuidado junto à pedra que minutos antes lhes havia servido de baliza. Rezam por ele uma oração sem palavras, cada um dos três com as mãos postas dentro dos bolsos das calças. Depois recuperam a bola, e regressam a casa.

Uma mulher, cheia de saudade da cabeça do marido, passa a tarde inteira a fiar a lã. Lembra-se sempre do que lhe dizia a sua mãe, que *fazer e desfazer é sempre trabalhar*. A mulher fia, e acredita que aquele trabalho afastará dos corredores da sua casa os invasores. Com toda aquela lã feita e desfeita, imagina, ainda irá construir um pano enorme, com o qual se há de puxar o brilho à casa inteira, no dia do regresso do seu homem.

Um leão respira na frente de outro leão, ofegante e sereno ao mesmo tempo. O caçador, através da mira, avista a cena de longe. Observa tudo por quatro minutos, e à vigésima expiração do animal mais forte, baixa a arma e retira-se.

Na época que veio logo depois de uma das grandes guerras do mundo, os seus pais foram deslocados por razões de trabalho e de dever para um país distante. Nem sempre era possível que os visitasse, mas algumas vezes sim. Quando o fazia hospedava-se no mesmo hotel que eles. Numa das noites em que saíram para jantar, foi apresentada a um príncipe de um país ainda mais distante do que aquele em que estavam agora. Achou-o bonito mas não pensou mais nisso. Pelo menos não até à hora da madrugada em que o telefone do seu quarto tocou: era o príncipe, e o príncipe dizia que queria casar-se com ela. Sentiu medo e entusiasmo ao mesmo tempo, e deitou-se a dormir. No dia seguinte voltou para o seu país, longe das mil e uma noites e longe do colo dos seus pais. Hoje está sentada na sala, de óculos, a jogar uma paciência de cartas. Pede ao seu neto que abra a gaveta onde costumam estar os lápis. O rapaz cumpre a ordem mas pelo caminho acha no fundo da gaveta uma notícia velha de jornal. Fala de um príncipe assassinado há muitos anos, no seu próprio país, junto com a mulher, os filhos e os netos. O rapaz olha atentamente a fotografia da família, e reparando na mulher do príncipe, pensa que ela se parece mesmo com a sua avó. Pergunta-lhe quem é. A sua avó responde: *Parece-se comigo mas não sou eu. Não sou eu, nem são vocês.* Ajeita os óculos e olha por um momento para o mar, perdida no tempo. Depois vira mais uma carta daquela antiga paciência.

A rapariga no quadro, toda vestida de branco e com uma galinha presa ao cinto, não para de brilhar nem de rodar dentro da luz.

No deserto da Califórnia, condado imperial, o senhor Knight passa um pincel molhado de tinta no corpo da montanha. Desde há trinta anos que os seus dias são isto: acorda estremunhado dentro de um caminhão que estacionou no meio do deserto, vê a luz da manhã refletir-se nos rochedos, e em cinco minutos está de pé para com pigmentos líquidos tentar imprimir neles uma reprodução da luz divina. Nalguns dias ela surge azul, noutros dias amarela, noutros ainda rosa-choque. O senhor Knight sabe que Deus não trabalha sozinho e — através da cor e das palavras pintadas no corpo forte do mundo — faz de tudo para lhe dar uma mãozinha. Hoje é quarta-feira e na montanha pinta um caminho amarelo. Serpenteado, irregular, entalado entre riscas azuis e brancas que em tudo fazem lembrar a força indomável da água.

O doutor bate com um martelo no joelho de um rapaz. O joelho salta. O rapaz naquele momento sente que o joelho não é dele. Parece-lhe que aquela parte do seu corpo agora pertence a outro canto da sala. Com o toque do martelo o joelho fica de súbito independente, como se pudesse funcionar autônomo de todo o resto. O rapaz questiona se o martelo funcionará para outros membros. Um cotovelo, por exemplo. Um olho. Uma mão, um ombro, até mesmo a cabeça dura. Enquanto o médico se vira de costas para trocar de instrumento e realizar o exame seguinte, o rapaz tem ainda tempo de dizer baixinho: *O coração*. O médico volta-se e pergunta: *Diga?* Ao que o rapaz responde: *Nada, nada, doutor*. E pensa: *Um martelo que batesse no coração e o atirasse de súbito para o lado de lá da sala, isolando-o só por um bocado de mim mesmo, isso é que era.*

Uma pérola branca, dentro de duas conchas de ostra, termina a sua formação aos dezenove quilos.

Dave passa as mãos na argila. Pelo toque percebe logo que a forma já está perfeita, e que tem o tamanho habitual. O pote é quase maior que o seu corpo de oleiro. Já perdeu a conta a quantas peças destas lhe saíram das mãos. Sabe que o destino daquelas jarras será o armazenamento: alguns homens brancos hão de enchê-las de banha, outros de uísque, outros de manteiga ou carne fresca. De vez em quando Dave, que aprendeu a escrever às escondidas, faz-lhes o favor de escrever no corpo do jarrão o seu propósito. Mas hoje o propósito que ele imprime no objeto, como toque final, é outro. Não tem nada a ver com instruções de armazenamento, mas talvez de libertação. Dave, ao passar o pauzinho na argila, pensa nos filhos. Pensa também nos pais, e na terra deles que nunca viu. Assina o próprio nome no pote, e por baixo escreve: *Pergunto-me onde estarão todas as minhas relações/ Amizade para todas e cada uma das nações.*

Enquanto do lado de fora da casa as tropas inimigas se enfrentam sem cessar, dois irmãos jogam astrágalo sob a luz da lua. Por cada estrondo que escutam ao longe, eles lançam ao ar os ossículos. Os meninos não sabem, nem precisam ainda saber, que em tempos aqueles ossos mínimos serviram de suporte às patas traseiras de uma ovelha viva. Esta noite eles só sabem que aquele que mais peças deixar aterrar sobre as costas da própria mão sairá como o grande vencedor desta lua cheia.

Um homem está sozinho no riacho. De calças brancas arregaçadas até ao joelho e tronco nu, entra na água. Dá quatro passos e deixa-se ficar quieto no ponto certo onde a corrente passa. Sente ondas memoriais atravessarem-lhe os tornozelos e parece-lhe mesmo ouvir o sussurro das algas. Um peixe passa por ele, indiferente ao batimento sanguíneo que há trinta e cinco anos atravessa o seu corpo inteiro.

Por causa de um vento forte, uma pétala de asfódelo — branca, raiada de vermelho ao meio — solta-se da sua flor inicial e plana sem rumo sobre o parque. Sempre à boleia daquele bafo muito quente de agosto, ela flutua de um lado para o outro sem tocar em nada nem ninguém. Porque o parque é de diversões e porque é domingo, movem-se sob aquele zigue-zague invisível da pétala centenas de cabeças. Cocurutos loiros, morenos, ruivos, negros — cada um deles se agita entre as coisas com uma importância bem marcada. Cada uma das cabeças do parque é bonita ou feia à sua maneira. Já a pétala branca, raiada de vermelho ao meio, tanto pode planar à direita como à esquerda, de costas ou de frente. Voe para onde voar, ela nunca será boa nem má, nem plácida nem terrível, nem infernal nem heroica. A pétala de asfódelo que plana ao domingo sobre o parque de diversões é uma pétala irrelevante.

Anna ainda é descendente de Gengis Khan. Quando o pai tomou conhecimento da sua veia poética não viu mal nenhum nisso, mas pelo sim pelo não pediu-lhe que para assinar essas coisas fizesse o favor de usar um pseudônimo. Afinal, apesar dos privilégios, os tempos soviéticos não andavam para brincadeiras. Anna assentiu ao pedido e passou a usar como sobrenome uma palavra que fizesse ressoar o uivo do apelido do imperador mongol. Foi já com essa linhagem estampada no seu metro e sessenta de altura, nos cabelos pretos, nos olhos verdes e no seu inconfundível nariz que Anna se tornou numa poeta de sucesso, reconhecida em toda a União Soviética. A fama era tal que ganhou até imitadores. Viu vários dos seus poemas serem publicados em jornais. Mas as coisas políticas começaram a mudar, e os tempos soviéticos começaram a apertar. Um marido morto, um filho no Gulag. Anna não abandonou o país mas tomou refúgio na própria casa, mesmo sabendo que até esse era um espaço vigiado. Fez então silêncio, e abandonou as folhas rascunhadas de poemas. Ou melhor: Anna, quando escrevia versos, deitava-os ao fogo no próprio dia. Hoje Anna está sentada num banco de madeira, sozinha na cozinha, e acaba de ver arder a última tarde. Tocam à campainha.

São as suas mulheres de confiança, amigas da vida quase toda, resistentes. Como em todas as últimas noites, convida-as a entrar e pede-lhes que se sentem em círculo junto à lareira. Entre o ranger dos bancos e o crepitar do lume, e ainda entre o bater das agulhas de tricô que as mulheres trazem para fazer frente à derrota, Anna diz alto os versos do dia. A voz dela acompanha o queimar das palavras no lume. *Voltamos à era pré-Gutenberg*, diz Anna às companheiras. *Peço-vos que, como ontem e como nas noites anteriores, memorizem cada verso.* As mulheres escutam, de olhos fechados, numa concentração fundamental e fecunda. À última palavra do réquiem daquela noite as mulheres levantam-se, enfiam as agulhas nos sacos, e abandonam a casa. Anna Khan tranca a porta e apaga as brasas. Deita-se na cama e fecha os olhos. Antes de adormecer, sussurra: *O fogo não extingue as palavras, ele só as ecoa. E o tiro de uma bala não rasga o poema — ele só o quebra no verso certo.*

Numa clareira da floresta, por causa de um forte ciclone, uma pedra embate noutra e faz faísca. A centelha toca numa folha seca de estio e dali levanta a chama alta.

Gaston abre um pacote de rebuçados, devora-o inteiro ainda dentro do supermercado, e enquanto mastiga permite-se finalmente chorar.

Um pastor entra na tenda, dá um gole no chá quente, pensa no rosto do seu filho. É noite e lá fora faz muito frio, embora durante o dia tenha feito um calor de inferno. Amanhã é dia de mover os animais mais uma vez.

Elefenor arrasta pelos pés o corpo inerte de Equelopo. Não sabe ainda se vai a tempo de salvar-lhe a vida, mas vai com certeza a tempo de oferecer-lhe a dignidade de um fim resguardado. Para saber qual das duas hipóteses é válida será preciso despi-lo das armas que lhe envolvem o torso, retirar-lhe da cabeça o elmo decorado com crinas de cavalo, tentar de alguma maneira arrancar-lhe da testa a lança que tem ponta de bronze. No escuro, e fazendo de tudo para desviar-se dos projéteis que voam de todos os lados, carrega aquele peso físico e metálico até algum lugar seguro. Este movimento de dois corpos, de rojo pelo espaço bélico, de alguma maneira brilha. Brilha de compaixão e brilha também por causa da deslocação do escudo de Elefenor, que foi posto à frente para proteger o caminho. Ao longe, do lado de lá da barricada, Agenor avista o brilho a arrastar-se. Faz pontaria ao lado, a um passo antes do escudo, que é como se faz mira à melhor caça. Dispara. Acerta a lança nas costelas descobertas de Elefenor, cujos membros imediatamente se deslaçam, fazendo com que o seu corpo caia inerte sobre o corpo de Equelopo. Começa assim agora, sobre dois corpos que ainda brilham de escudo e elmo, a luta penosa entre troianos e aqueus.

Uma manada de elefantes — pequena, só a mãe e os seus quatro filhos — atravessa sem querer a única cultura de couves existente junto ao Monte Mitucué. Na manhã seguinte as mulheres da machamba choram as couves e a terra toda levantada. Dez anos mais tarde Malisone, filho de uma dessas mulheres, come couve fresca à mão, enquanto afaga sem rancor a orelha de um elefante de meia-idade.

O seu irmão mais velho coleciona passarinhos. Vivos, de todas as cores, dotados cada um de um canto diferente. Cresceu na mesma casa onde cresceu o irmão e, portanto, confunde o ruído dos talheres na cozinha de manhã com o chilrear dos pássaros a despertarem nas gaiolas. Para ele é uma sinfonia familiar, feita de metais e sopros inconfundíveis. Mas por gostar mais de bichos do que de objetos, o que mais o incomoda naquela orquestra é sempre o canto das aves. Hoje ele acorda antes de todos. Não se ouvem ainda os passos adormecidos dos irmãos, nem da mãe e nem do pai, nem o bater de bico dos pássaros, muito menos o tinir dos garfos e das colheres. Ainda em pijama, atravessa o corredor até ao quarto das gaiolas. Devagar para não acordar ninguém, abre-as uma a uma. No fim abre também a janela. Os passarinhos acordam todos ao mesmo tempo e cantam, e por causa da surpresa batem também as asas contra os ferros das gaiolas. A sinfonia é quase a mesma de todas as outras manhãs, só que agora sim, perfeita. Todos os passarinhos, numa profusão de sopros e metais, voam para fora de casa. Aquela música acorda a família inteira, e quando o irmão mais velho avança na sua direção para insistir num grito, ele trava-o em suspensão e diz: *Foi a canção mais bonita que já tocou neste palácio. E agora eu ouvirei o rumor dela para sempre.*

Francesca e Paolo passeiam noite e dia pelos trilhos pedregosos do Inferno. Por ser isso mesmo, o Inferno, não sabem quando é hora de acordar ou quando é hora de dormir. A luz é sempre a mesma: nenhuma. Já os sons são vários. Há gritos eternos, vômitos concordantes, permanentes ruídos de estilhaço e explosão. Ainda assim, para Paolo e Francesca o mais terrível de todos é o bater da cauda de Minos sobre aquele solo infértil. Temem tudo, aqueles dois. Mas a verdade é que fariam tudo outra vez. Sabe-se isto por naquele lugar de luz emudecida dar sempre para ver ao longe o brilho dos seus quatro olhos. Sempre que a noite cai (e a noite cai no Inferno a toda a hora) Francesca e Paolo repetem a leitura partilhada do livro de Lancelot sobre a cama. Estão sozinhos, longe dos seus esposos, e por causa de uma gargalhada literária eles distraem-se. Paolo beija então Francesca: este é um gesto que se repete para sempre, sobre qualquer solo, sob qualquer tempo, dentro de qualquer círculo. Paolo e Francesca são a imprevista luz eterna no Inferno.

Lá fora chove. Dentro de casa, no escritório, uma mulher descasca uma romã. Espalha as sementes na mesa de forma circular e rotatória. Depois vai comendo uma a uma, devagar, intercalando cada ingestão com um gole de água.

Na prática é rei há dezesseis anos. Em teoria, uma que lhe foram incutindo desde que se lembra de existir, é-o desde que nasceu. Hoje o seu gesto reflete finalmente o desejo que lhe invade todas as noites palacianas quando se acha sozinho, para lá dos banquetes, sob a seda do dossel. Leva as duas mãos à cabeça e despega a coroa do seu corpo. Coloca-a sobre a mesa de madeira e diz: *O rei está morto*. Depois caminha para junto da janela, olha ao longe, e sorri como nunca antes.

Um bando de crianças com idades entre os sete e os quinze anos saem para apanhar lagostins na vala. Passam o dia inteiro junto à margem, armados com vara e linha. Ao fim da tarde enfiam toda a pescaria num saco e voltam para casa. Tomam cada um o seu banho e depois saem outra vez. Com paus e pedras constroem uma fogueira, colocam sobre ela o panelão, deitam-lhe água e atiram lá para dentro os lagostins. Gritam para chamar os pais e pedem sal. Os adultos aproximam-se, cada um vestido da sua cor, e apuram no tacho os bichos mortos. Depois sentam-se todos — pais e filhos — no chão. Dali, à distância de um braço, vão retirando um a um os lagostins da água quente. A vala, as crianças, os adultos, os crustáceos e o fogo são todos familiares entre si. E esta noite, como em tantas outras noites, alimentam-se uns aos outros.

Num ringue boliviano, onde está escrita ao centro a palavra MARAVILLA, Roxana faz girar num golpe só o corpo e a saia de Juanita. Deixa-a assim deitada e aparentemente derrotada, dentro de um círculo amarelo, com o rosto encostado à letra M.

Dentro da cama, quando já está praticamente ferrada no sono, Cecília enfia o dedão do pé direito na meia do pé esquerdo e retira-a. Depois faz o mesmo movimento, mas enfiando o dedão do pé esquerdo na meia do pé direito. Chuta as duas meias para fora dos lençóis e, com os dois pés nus entrelaçados um no outro, adormece.

Yorgos brinca com uma pedra calcária muito pequena. Primeiro coloca-a no dedo mindinho, depois no anelar, depois no médio, depois no indicador e finalmente no anelar. E começa de novo, mas em sentido inverso. Sabe que a pedra não é mágica. Que mesmo que isto fosse o tempo da litomancia dali não virá nenhuma adivinhação nem profecia. Yorgos brinca por brincar, e brinca como exercício de memória. Esta pedra — cinzenta, irregular, aparentemente sem nenhum prestígio — arrancou-a ele à rocha maior. Foi há quase vinte anos, quando ainda vivia na ilha, que raspou a faca no sopé dos Montes Pentadáctilos. Um pedaço de calcário caiu-lhe aos pés e ele carregou-o no bolso até casa. Desde então, em dias aleatórios, abre o cofre que trouxe consigo no barco quando veio do Chipre há tanto tempo, brinca um bocado com aquilo, e volta a fechar-lhe a tampa e o cadeado.

Um gavião-real, de patas quietas e unhas cravadas na terra, bate as asas dentro da caverna.

Um menino de olhos negros e cabelos mais negros ainda, sentado sobre a pedra, toca uma flauta. A mesma que pertencera ao seu avô, que a passara ao seu pai um dia antes de morrer. A mesma que o seu pai lhe passou a ele, no dia anterior a este.

Quando está triste, coxeia. É assim desde o começo, quando deu os primeiros passos agarrado ao armário branco da casa de seus pais. Começou a andar direito e assim prosseguiu o caminho habitual dos homens, mas sempre que alguma coisa correu menos bem (uma bolacha que lhe foi recusada, uma sopa que o forçaram a sorver, um grito que ouviu a meio do dia, um beijo que lhe foi deixado em suspensão) ele perdeu a força numa das pernas. Hoje, varado de saudade da ex-mulher, caminha sozinho e coxo pelas ruas escuras da aldeia. Não se preocupa nem um pouco com a chuva que o encharca da cabeça aos pés, nem com o frio. Leva sim a mão à perna direita como quem tenta trazê-la à razão. E pela primeira vez em quarenta anos repara: a dor não vem do joelho nem do pé, nem sequer vem do osso epicôndilo medial. É o nervo ciático que lhe dói. Atravessa-lhe a perna inteira mas insiste mesmo é na coxa. A mesma sob a qual todos aqueles que lhe fizeram promessas colocaram a mão, mas logo em velocidade a retiraram. Continua então o seu caminho pela aldeia, agarrado aos muros brancos, sem grande epifania, só mais dorido que o habitual. Coxeia, porque quando está triste ele coxeia.

O guia do museu faz um bom esforço por se fazer entender na língua russa. À sua volta um grupo de turistas, vindos expressamente de São Petersburgo, escutam-no atentamente. Nas costas do guia o seu já falecido conterrâneo, Rembrandt van Rijn, parece escutá-lo também. Neste caso o pintor apresenta-se em autorretrato como apóstolo Paulo, tem um olho levemente torto, e levanta as sobrancelhas. Pelo que percebe na contraluz, há rugas na sua testa. Sobre a cabeça tem colocado um pano branco. Aos turistas o pano faz-lhes lembrar um curativo, mas o guia logo se apressa a explicar que na época era assim mesmo, que para fazer frente ao frio de Amsterdã tudo servia. Até mesmo um velho trapo. Ao ouvir-se na sala a palavra *trapo* dita em russo — тряпка —, Rembrandt travestido de Paulo parece mesmo revolver-se na tela escura. É então que o guia vira as costas ao círculo russo que há uma hora o persegue pelo Rijks, e fica frente a frente com a tela. Fixa os olhos na cabeça do pintor. Repara que o pano que a protege já não se assemelha a um trapo, mas talvez a uma coroa. Repara também que aquele resguardo de cabeça não é apenas branco, tem laivos de um amarelo muito forte. Que condizem perfeitamente com a blusa de lã que traz vestida, paga na loja japonesa três dias antes. Tinha-a comprado em solidão, às quatro da tarde, quando o sol já se punha — e tudo por conta do vento frio de Amsterdã, que o guia sabia ser bem mais cortante do que aquele que corria agora na estrada de Damasco.

Numa fábrica nos arredores de Saigon, uma mulher vai colocando um a um os botões de madrepérola nas camisas vermelhas.

Robert, antes de entrar em palco para cantar, coloca uma pena de pavão sobre a aba do seu chapéu de feltro. Antes disso encosta-a primeiro à mão direita, depois à garganta, e pede ao bicho *Phasianidae* o dom da beleza associada à flutuação.

A avó cura a queimadura na perna de sua neta. Entre gestos curtos e palavras de amor, ela derrama na ferida a seiva de um cacto baboso.

Gosta de atirar calhaus às coisas. Não para ver morrer as coisas mas pela emoção que o movimento de um objeto na direção de um outro objeto lhe dá. O seu objeto preferido, claro, é o estilingue. Usa-o sempre no bolso dos calções e mesmo que não o maneje durante um dia inteiro, só o fato de o sentir ali junto ao corpo já lhe dá um prazer imenso. Esta tarde, no exato momento em que puxava o elástico bem atado ao seu galho de árvore forquilhado, uma mulher gritou-lhe que parasse. De olhar acusador, falou-lhe da grande culpa que os rapazes disparadores de pedras nos estilingues deveriam sentir no peito. O rapaz não entendeu, mas ainda assim acatou a ordem e recolheu o estilingue ao bolso. De noite acompanhou como sempre a sua mãe à missa. Ele gosta da missa por causa dos cânticos e dos estalidos que o coro faz durante os cânticos. Porém, quando o padre fala ele distrai-se um pouco, e sempre que se distrai ou aborrece leva a mão ao bolso como quem pede proteção. Esta noite, de mão no bolso traseiro e olhos à frente, de súbito repara na imagem do Cristo macua. O mesmo caminho que os seus dedos fazem quando percorrem o estilingue, os seus olhos fazem quando percorrem o corpo daquele filho de Deus. E no silêncio da consagração parece-lhe mesmo ouvir aquele homem de sândalo dizer: *Não há culpa, filho. Também eu posiciono o meu corpo em estilingue quando quero atirar o amor aos homens. E também eu, por acaso, fiz da pedra a minha igreja.*

A meio da noite, depois de muitas horas de suor e comunhão, Aurora passa batom vermelho na boca de Gabriel.

Pelas tatuagens que ocupam quase a totalidade do seu corpo, um homem vai contando aos outros homens e a si mesmo a própria história. Hoje, que é Domingo de Ramos, deixa que o tatuador vá decalcando a folha de palmeira que na noite passada ele desenhou em casa, na penumbra, só à luz da fogueira.

Uma aranha é apanhada às seis da tarde pela resina que goteja de um pinheiro.

De túnica vermelha sobre os ombros e coroa de louro na cabeça, o poeta está sentado à mesa. Tem saudades da sua mãe, que perdeu era ele uma criança, tem saudades do seu amor, que avistou era ela uma criança. Segura na pena para espantar a dor. Prepara-se para mais uma vez imprimir com ela, sobre o pergaminho de pele de carneiro, palavras que descrevam o tormento que a tal saudade o faz avistar a cada dia. Cada manhã parece-lhe mesmo uma primeira canção, mas uma triste, muito muito triste. Pleno de falta, um pouco incomodado com a folhagem que inutilmente coloca todos os dias sobre a cabeça e que na verdade só o faz espirrar, escreve então as palavras *primeira canção*. De lágrimas nos olhos recupera o fôlego e prossegue a frase, que acaba por fixar-se assim: *A primeira canção é dos submersos*. Saudade, para Dante, é água pura. Inferno, para ele, é submersão.

Duas irmãs, uma de onze anos e outra de sete, saem para o jardim ao fim do dia para perseguirem um grilo. Vão equipadas cada uma delas com um pedaço de palha que antes retiraram de um fardo, e também de um excelente aparelho auditivo. Não apanham o grilo. Na tarde seguinte saem de novo, falham de novo. À terceira tarde apanham o grilo, que colocam numa gaiola feita de paus, que colocam na cozinha.* No início da noite da captura o grilo não canta. Mas, quando finalmente todos adormecem na casa, o grilo acaba por soltar a sua contínua nota. Até hoje as meninas (agora com trinta e sete e trinta e três anos) não sabem dizer se o grilo cantou para chamar os companheiros e pedir-lhes resgate, ou se cantou por ter sido inundado pela extrema alegria de poder pernoitar na cozinha onde na manhã seguinte as meninas comeriam pão com manteiga.

---

* O jogo de capturar grilos não é fácil, mas é fazível — como um velho jardineiro ensinou às duas irmãs, ele faz-se permanecendo de joelhos o mais próximo possível do canto do grilo, de palha na mão. Com tempo e paciência, o grilo acaba por subir na palha. Depois, com um movimento lento, basta pôr-lhe a mão por cima, em concha.

Aiyra abre o fruto do urucum ao meio. Com o tesouro aquoso e fértil que surge de dentro dele, pinta o rosto de vermelho. Ao longe, da clareira na floresta, ouve Ubiratã chamar o seu nome. Nesse momento ela corre para ele, gargalhando alto.

Como em todos os últimos dias dos últimos meses, a peixeira toca à porta de uma família de catorze. Puxa o sino a fazer-se anunciar e ao peixe fresco. Como em todos os dias dos últimos meses, a dona da casa levanta-se da cama e nega o peixe. Mas por trás dela logo surgem os seus onze filhos, que gritam em uníssono: *Peixe sim!* A peixeira, como em todos os dias, responde assim à casa inteira: *Ó mar, cobre-te de rosas!* E deixa à porta o peixe que alimentará a família toda por um dia.

Antes de sair de casa ata sempre um lenço em volta de algum membro do corpo. O lenço é sempre o mesmo e é roxo. Na maioria das vezes ata-o ao pulso direito, como forma talvez de dar mais destreza à mão indicadora, ou pelo menos numa tentativa de a tornar mais consciente dos gestos vulgares. Pela mesma razão em dias mais confusos ata-o na cabeça, enrolado na testa, com a pressão suficiente que lhe permita sentir o equilíbrio entre uma têmpora e outra. Hoje, que faz tanto vento, decide-se pela saúde física. Dobra então o lenço ao meio, deixando-o em forma triangular, e envolve com ele o pescoço. Dá dois nós bastante soltos e aconchega-o nas clavículas. Não aperta demasiado porque importante acima de tudo é respirar. Sai assim à rua, cedo pela manhã, protegido pelo roxo de sempre, consciente da respiração e sem medo de nenhuma aragem, nenhuma memória, nenhum vírus, nenhuma mulher.

Em Colônia, na estação de comboios, um homem espera por uma mulher há quarenta e sete minutos. Bastante acima da cabeça dele, cobrindo praticamente toda a estação, uma enorme estrutura metálica anuncia em letras amarelas e verdes uma marca de perfume alemão. O mesmo que usava o seu avô, o seu pai, o seu irmão, a sua mãe e a mulher por quem ele espera.

Níobe, dentro da pedra, chora sem parar. Nem a neve nem a chuva desfazem a estátua que ela agora é, mas também aragem nenhuma penetra o rochedo para lhe secar as lágrimas de mil anos.

Tem o rosto marcado pelo sol. Vermelho sob os olhos, nos lóbulos das duas orelhas, junto à dobra do nariz. A partir daquela dobra de nariz já muita gente sonhou ser lançada ao espaço. Teve sempre o nariz arrebitado, mas quando ele está assim queimado, solar até ao limite, parece levantar-se mais ao alto. Entra na mercearia. Veste uma camisa azul-elétrico, o que só realça mais a cor do rosto. Não costuma ficar tão vermelho, mas os tempos mudaram e o clima também — dizem que o sol agora está mais perto aqui da terra. Na terra é que estão as praias, os rochedos, o iodo do mar, as toalhas turcas que ele nunca usa, os sanduíches de queijo e mostarda, o neoprene, as mercearias e os chocolates que se vendem ainda nas mercearias. Ao cruzar a porta do estabelecimento ele pede isso mesmo: um chocolate. Mergulhou a tarde inteira. Nadou sem pés de pato nem respirador, e no fim do dia comeu com vontade o sanduíche que logo cedo arranjara com cuidado. Por não ter filhos, ou por ser um bom filho, prepara a própria comida como se a preparasse para a sua descendência. Mas porque ainda tem fome, e já que descende de si mesmo, consente-se a rematar o dia com uma barra de chocolate. Nadar cansa, andar horas a fio sob o sol mais ainda. Pede um daqueles com sabor extra, e na

244

hora de escolher o extra decide-se pelo seu preferido: um chocolate de ananás. Sai da mercearia mesmo à hora em que o sol se põe e senta-se no meio-fio. Deixa os pés descalços descansarem com muito prazer sobre o asfalto quente. Arde-lhe o rosto mas é um ardor bom, de dia pleno. Desembrulha o chocolate ali mesmo, entre a calçada e o asfalto. Leva-o à boca e deixa que o cacau, o açúcar e o corante de ananás se misturem com a sua ardente melanina. Quando chega ao último quadradinho daquela iguaria sem qualidades, empoleira-o sobre o nariz. Por causa do quente de seu rosto, refletido em vermelho, o chocolate derrete um pouco. Resvala devagar até à gola da camisa, comida pelo sal de muitos dias. Ele leva o dedo à boca e depois o dedo à gola, e come tudo até não sobrar nada. Levanta-se do chão, ajeita os *shorts* brancos, e caminha até casa devagar. Vai de barriga cheia e de nariz ao alto, e assobia uma canção no lusco-fusco, uma canção de ninar.

William devia ter uns oito anos quando, ainda em Axminster, jurou que de tudo faria para comer um pedaço de cada criatura do reino animal. Pela boca havia de atravessar o mundo, dizia. A verdade é que a boca sempre cumpriu um papel importantíssimo na vida do homem em que se tornou, já que, quando a abre para falar, todos se calam realmente para ouvir. Gosta disso. Ainda na semana passada, sentindo a plateia um pouco fria, William decidiu dar um toque dramático à conferência e falou montado num cavalo. Para além de ser teólogo, é também geólogo e paleontólogo. Foi ele quem deu o nome ao megalossauro, o animal dono do fóssil que até há bem pouco tempo se pensava ser um elefante de guerra romano ou mesmo a besta bíblica. Afinal, descobriu William, o tal maxilar só podia pertencer a um lagarto arcaico. Infelizmente, sendo aquilo já tão antigo, não o podia levar à boca. William já trincou de tudo. Pantera, rato, crocodilo — nenhum bicho lhe escapou aos dentes. De todos, descobriu ser a toupeira o mais amargo. Mas nem ela o fez parar. É por isso que hoje, ao ver passar-lhe na frente uma relíquia que todos garantem ser o pedaço encarquilhado do coração de um rei francês, William não consegue evitar o gesto: arranca-o à bandeja de prata, enfia-o na boca, e engole-o de uma vez.

A casa está fechada. Raul e Helena, depois de uma forte discussão, saíram cada um para o seu escritório burocrático. Durante a tarde, dentro da casa vazia, uma pétala de rosa cai devagar sobre a toalha impecavelmente engomada por Raul. Helena, focada em tabelas matemáticas e ansiosa com a entrega delas ao seu chefe mais direto, cai num pranto sem saber por quê.

Um passarinho quebra-nozes, cinzento de asas pretas, sobrevoa um campo de neve na floresta. Seis meses antes, quando o sol ainda brilhava, ele escondera neste solo uma provisão de pinhões. Agora, depois de circular duas ou três vezes sobre a neve, o pássaro desce ao chão para recuperar a comida que lhe permitirá sobreviver a mais um inverno. Com perícia ele bica a neve no ponto exato do esconderijo, reconquista de memória o que é seu, e voa de novo para longe.

Rúben atravessa descalço um campo de trigo. O sol já se põe e ele vai a caminho de casa. Na mão direita, que vai trêmula de alegria e do balanço que acompanha a marcha, leva caída uma raiz de mandrágora.

Entrou no lago um pouco antes da primeira hora da manhã. Nadou na escuridão e caminhou sobre terra pastosa e depois nadou outra vez. Quando saiu da água e os primeiros raios de sol incidiram sobre o seu corpo nu, reparou que estava todo envolvido num tom castanho. O homem, que segundo a maioria dos mitos proviera do barro, vestia agora de novo a sua cor original. Passo a passo ele foi saindo da terra líquida para entrar em terra sólida. A sua pele era outra vez maleável e a sua cabeça também. Agora, de cada vez que ele entra no autocarro ou pede uma Coca-Cola na mercearia, todos o veem como alguém de melanina acelerada. Mas olhando com maior atenção pode ver-se que quem caminha na cidade é o homem de barro, o filho do molde original.

Trabalha como empregado de balcão numa perfumaria dentro de uma loja-armazém. É quase sempre um dos primeiros a chegar à grande superfície. Antes dele, só os seguranças encarregados de abrir as portas e os senhores da limpeza responsáveis por deixar tudo brilhante a cada dia. Entra no armazém ajeitando ainda a gravata, depois sobe quatro lances de escadas rolantes. Vai quase imóvel nas escadas, tirando todo o partido daquele mecanismo que levanta os corpos sem que os corpos se esforcem. Do alto do mecanismo ele observa tudo, e tudo lhe parece visto desde o Everest. Quando chega ao balcão que lhe compete, retira os óculos por um momento. Limpá-los com um pano de seda é como sentar-se no pico da montanha, meditando sobre todo o esforço mental, visual e sentimental que requereu aquela subida.

Edwiges sobe as escadas devagar. Leva nas mãos uma panela de água limpa, a ferver. Chega ao andar de cima e pousa o recipiente no chão do terraço. Com a ajuda de um lençol, senta-se sobre a panela. O fumo líquido que sobe em ondas cumpre hoje, para esta mulher, a função da cura.

Em Olinda, sob um sol de 39 graus, o filho mais novo de Lourença encosta à cara as duas mãos em forma de binóculos, apoiando-as no vidro. Vê do lado de lá, ao fundo da sala, um boneco gigante de camisa amarela e cabelo negro. Parece mesmo o pai dele, tal como o filho de Lourença se lembra do pai. O menino ainda é novo e sabe que lhe faltam forças para aguentar o boneco. Mas isso não impede que todas as semanas se dirija àquele armazém com paredes de vidro, onde os bonecos são guardados até ao carnaval seguinte. O menino já disse à mãe: quando crescer mais um bocado, será ele a alma viva que carregará aquele boneco pelas ruas da cidade, nalguma terça-feira gorda.

Um relâmpago cai no corpo do rapaz que há muitas horas atravessava a floresta de faca na mão. Por causa disso figuras arbóreas ficam tatuadas nas suas costas. Aquela queimadura fractal faz do rapaz um raio fossilizado, para sempre de faca na mão.

Edmundo está sozinho à porta da igreja. Está escuro. É inverno e o sol nesta época põe-se logo às cinco. De qualquer maneira Edmundo nem sabe que horas são — parece-lhe estar enfiado entre túneis eclesiásticos e de dor há dias sem fim. Sabe, isso sim, que hoje é o último dos eventos cerimoniais, já que lá dentro o caixão foi finalmente fechado, o incenso foi fumado, e pelas suas contas o padre andará pelas exéquias finais. Acende um cigarro. Deixa cair as duas omoplatas contra a parede da igreja e dobra um joelho de forma que também o seu pé direito se sustente no muro alto. Sopra para cima o fumo e naquela bruma branca que bate na noite ele consegue ainda ver o rosto vivo do homem que agora jaz apertado na madeira. É um rosto em gargalhada. É o rosto do seu irmão. Edmundo fecha os olhos, desiste de sustentar a cabeça no pescoço todo tenso, e oferece-a também ao muro. Com a nuca gelada ganha consciência de que aquela gargalhada não mais se atravessará no seu caminho. Deixa cair uma lágrima e fecha os olhos agora com força. De dentro da igreja começam a sair dezenas de pessoas. Quase todas estão vestidas de negro. Umas vêm mudas e de cabeça baixa, outras falam muito mais alto do que o normal — como se inventassem uma paisagem paralela àquela que todos atravessam e que ninguém quer atravessar. Edmundo desencosta o corpo da parede, atira a guimba ao chão e abre ligeiramente as pernas. Fica assim vertical e de cabeça semibaixa. Alguns dos transeuntes do cortejo falam com ele, mas Edmundo não consegue alinhar palavras com significados. Tudo ficou subitamente primário, aquático, nublado, escuro e luminoso ao mesmo tempo. O caixão sai da igreja. Está todo coberto de flores. O braço direito de Edmundo, independente e sem ordem cerebral, levanta-se em arco. Então o seu dedo toca na madeira fúnebre e sente deslizar um corpo no caminho. É um toque elétrico, branco, que anula o tempo. Num segundo de eletricidade, Edmundo é retirado da noite escura e subitamente está sentado no chão do quarto com o seu irmão, ele tem cinco anos e o mano tem sete, há legos espalhados em volta dos dois. O mais velho levanta-se e coloca um chapéu vermelho na cabeça do mais novo. Sugere-lhe que brinquem antes na rua e Edmundo acena-lhe em consentimento. Nesse movimento de cabeça a irmã dos dois toca-lhe no rosto, com um lenço branco que lhe limpa as lágrimas. Diz-lhe: *Posso ir contigo até ao cemitério?* Edmundo acende só mais um cigarro e consente, coloca-lhe o braço sobre o ombro e dirige-se com ela para o carro, dentro da escuridão.

Sem saberem para onde vão, cento e doze pessoas marcham em sincronia no meio do deserto.

Nervoso, Zacarias coloca na lapela uma flor vermelha.

Coleciona pedras. Os seus colegas colecionadores preferem os seixos irregulares, dentro dos quais se podem achar montanhas e cabeças imaginárias. Ele prefere as pedras lisas, pretas, aparentemente desprovidas de memória. Por causa disso é desprezado pelos seus colegas colecionadores. Mas não pela sua mulher. A sua mulher sabe que ele não é um colecionador qualquer. Ele é o homem que acha e reúne todas as pedras que em criança lançou ao rio, as mesmas que um dia lhe ensinaram que quanto mais leve e regular um corpo é, maior possibilidade ele tem de raspar a corrente em grande estilo. As melhores pedras pretas dão seis saltos sobre a água até submergirem. Os melhores colecionadores aprendem de seus objetos a melhor maneira de mergulhar, e de voltar a vir acima para respirar. Nos mais perfeitos casos, fazendo piruetas entre uma coisa e outra e gritando: *Peixinho!*

Ludwig, sentado desta vez na frente da mesa de refeições em vez de na frente do piano, apercebe-se de um zumbido incômodo em seu ouvido direito. Julga tratar-se de uma mosca, e para dar cabo do assunto levanta-se. Dirige-se para o lavabo, enche uma bacia com água gelada, e mergulha a cabeça toda nela.

Enoque continua desaparecido.

Alexandre está estendido numa maca metálica, com a cabeça dentro de um tubo de raio X. Uma voz, também metálica, vai falando com ele enquanto o tubo roda. Pede-lhe que tenha calma e diz-lhe que o exame é rápido, que não dói nada, que aquilo nem é tanta radiação assim. Sugere-lhe que pense em coisas boas. Alexandre não está preocupado e nem tem medo. Aproveita até aquele sossego do girar metálico para desistir de não sentir saudade. Fecha os olhos. Aproveita que está sozinho entre as coisas para pensar no rosto de Rosa, e no quanto o rosto de Rosa o faz feliz.

Um bezerro finta os seus quatro irmãos de leite e cruza a cerca farpada para o lado de lá.

Vítor põe o boné amarelo na cabeça como se nela enfiasse um cocar. Ajeita a pala como se ajeitasse as penas. Aperta o velcro como se apertasse a corda. E sai de casa para apanhar o autocarro como se fosse entrar dali a três passos na canoa. Já na paragem, ele levanta o braço para fazer parar o transporte público. Fá-lo como se nesse gesto conseguisse mesmo tocar no ar um colibri em pleno voo. As penas do pássaro vêm úmidas de água de rio, e Vítor entra assim no autocarro com a mão direita encharcada. Senta-se no lugar junto à janela, põe o braço de fora. De casa até ao trabalho são umas cinco paragens, e Vítor toca em cada poste de cada uma delas como se cada poste fosse uma árvore alta. Nos trechos de viagem entre as paragens, rema. Usa aquele braço de fora para deslocar a pá que empurra a água, e rema na cidade como se a cidade fosse o Amazonas. Como se o seu corpo nunca tivesse abandonado a corrente.

Adelaide, que é estrangeira há mais de cinco anos num país a dez mil quilômetros daquele em que nasceu, está na fila dos correios à espera de entregar mais um postal. Todas as terças-feiras é a mesma coisa. Escolhe uma paisagem entre as poucas possíveis na banca, carrega a imagem com ela até ao posto, e aguarda pacientemente a sua vez. Enquanto espera, de costas direitas entre uma pessoa e outra, ela lambe o selo e cola-o todo alinhadinho no papel-cartão. Já não sabe se o endereço para onde envia correio está válido, nem sabe sequer se Josué ainda é vivo. Mas sabe que nesta hora, entre corpos estranhos e sua própria saliva, não se sente nem um pouco apátrida.

Na oficina, ao fim de um dia, um homem de tronco nu e capacete na cabeça forja uma marca no ferro com o maçarico de seu pai.

Uma lebre corre freneticamente pela floresta, à velocidade de cinquenta quilômetros por hora, durante praticamente a tarde inteira.

Alon, com a testa toda suada de ardor, alinha uma fileira de terafins junto ao canto esquerdo da tenda. Os ídolos são esculpidos em madeira de carvalho, e têm cada um o rosto de: o seu irmão, o seu pai, a sua mãe, a sua avó, o seu avô. A sexta estatueta — a menor de todas — não tem nenhum rosto visível. É a ela que Alon reza com mais empenho, e a quem sussurra *Eloim/ Eloim/ Eloim*.

Perante a grandiosidade do dia inteiro, Ernesto tira da cabeça o chapéu de couro e encosta-o ao peito. Não é que hoje tenha feito nada de extraordinário. Não se envolveu em gestos especiais e nem sequer viveu um daqueles frente-a-frentes gloriosos com alguém novo. Não houve nenhuma epifania. Dentro do possível não pisou ruínas, e se ele diz *dentro do possível* é porque sabe que caminhamos sempre sobre alguma coisa que um dia esteve viva e agora já não está. Seja como for, há um final de dia inflamado a apresentar-se na sua frente. E Ernesto agradece por isso, de chapéu muito juntinho ao coração. Coração esse que, tal como todas as outras ruínas e vestígios, um dia cessará de latejar. E será só o pó aparentemente morto sobre o qual um animal espantado estacionará para reconhecer o mundo.

Nove homens velhos jogam à malha nos fundos de uma casa de província.

Uma rosa-albardeira desponta ao sol.

Ilustrações

Pinturas rupestres na caverna de Lascaux,
Montignac, França, *c.* 17.000 a.C.

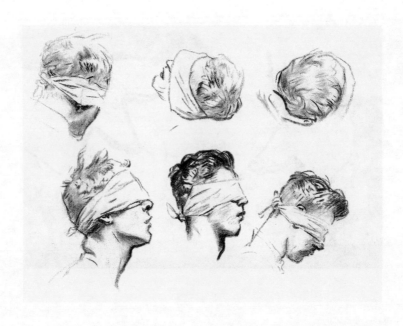

John Singer Sargent, *Six Studies for Gassed*, 1918-1919,
desenho a carvão, 45,7 x 60,9 cm,
Corcoran Gallery of Art, Washington D.C.

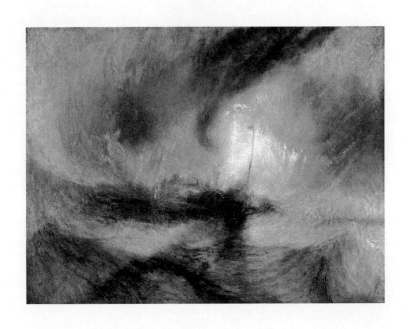

Joseph Mallord William Turner, *Snow Storm: Steam-Boat off a Harbour's Mouth*, 1842, óleo sobre tela, 91,4 x 122,9 cm, Tate Gallery, Londres.

Constantin Brancusi, *Maiastra*, 1912,
bronze polido sobre base de pedra calcária, 73 x 20 x 20 cm,
Peggy Gugenheim Collection, Veneza.

Giambattista Fontana, "Os irmãos Rômulo e Remo,
em disputa sobre o local de fundação de Roma, consultam
os augúrios", prancha 7 de *A história de Rômulo e Remo*, 1575,
gravura sobre papel, 14,1 x 18,6 cm.

Rosto antropomorfo, alto-relevo martelado em ouro, região de Tierradentro, Colômbia, 200-900 d.C., 12,7 x 8,7 cm, Museo del Oro, Bogotá.

Tobias Verhaecht, *A Morte de Ésquilo*, c. 1576-1606, desenho, 26 x 26 cm, Metropolitan Museum of Art, Nova York.

Molly Drake (1915-1993),
poeta, cantora e compositora inglesa.

Justin-Chrysostome Sanson, *Pietà*,
versão em mármore, *c.* 1876,
Catedral de Notre-Dame du Havre, Le Havre, França.

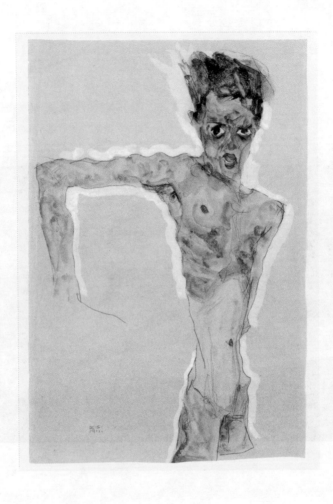

Egon Schiele, *Autorretrato*, 1911,
aquarela, guache e grafite sobre papel, 51,4 x 34,9 cm,
Metropolitan Museum of Art, Nova York.

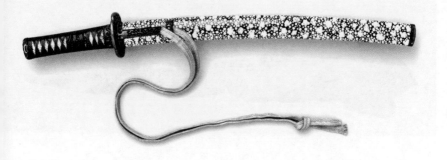

Owari-Seki, espada wakizashi, século XVII (lâmina), 62,9 cm,
Metropolitan Museum of Art, Nova York.

Renas Nadadoras, marfim de mamute, 3,0 x 2,7 x 20,7 cm, c. 11.000 a.C., British Museum, Londres.

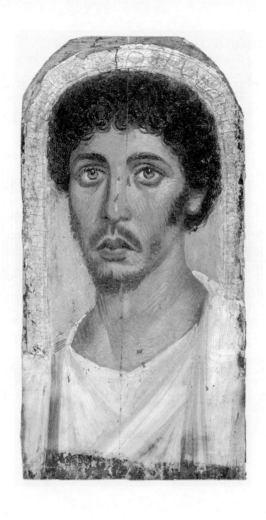

Retrato Fayum, c. 150-170 d.C., encáustica sobre tília, 42,7 x 22,2 cm, de uma múmia escavada em Hawara, no Egito, British Museum, Londres.

A morte do rei Filipe de França (1116-1131),
iluminura do livro *Les Grands Chroniques de France*,
século XIV, British Library, Londres.

Leonardo da Vinci, *Dilúvio*, *c.* 1517-1518, carvão sobre papel, 15,8 x 20,3 cm, The Royal Collection, Windsor Castle.

George Stubbs, *Whistlejacket*, c. 1762, óleo sobre tela, 292 x 246 cm, National Gallery, Londres.

Giacomo Puccini com Giuseppe Giacosa e Luigi Illica, os libretistas da ópera *Tosca*.

Sofonisba Anguissola, *Autorretrato*, 1610, óleo sobre tela, 69,5 x 54 cm, Gottfried Keller-Stiftung, Winterthur.

Giotto di Bondone, *Jonas e a Baleia*, c. 1305, afresco, Cappella degli Scrovegni, Pádua.

Paulette Goddard e Charles Chaplin na cena final de *Modern Times*, filme de 1936.

Frances Griffiths, de 9 anos, e Elsie Wright, de 16, na companhia de fadas na floresta de Cottingley Beck, Inglaterra.

Rembrandt van Rijn, *A Ronda da Noite*, 1642,
óleo sobre tela, 363 x 437 cm (detalhe),
Rijksmuseum, Amsterdã.

David Drake, *Pote*, 1857, grés esmaltado,
Greenville County Museum of Art, South Carolina,
com a inscrição: "I wonder where is all my relation/
Friendship to all and every nation".

Medeia, seus Filhos e Trago, o Pedagogo,
mural proveniente da Villa dei Dioscuri em Pompeia,
Museu Arqueológico Nacional, Nápoles.

Rembrandt van Rijn, *Autorretrato como Apóstolo Paulo*, 1661, óleo sobre tela, 91 x 77 cm, Rijksmuseum, Amsterdã.

Édouard Manet, *Peixe (Natureza-Morta)*, 1864,
óleo sobre tela, 73,5 x 92,4 cm, Art Institute of Chicago.

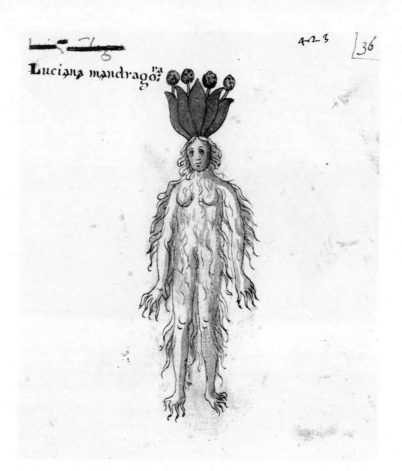

Erbario, manuscrito italiano do século XV, lâmina 36,
24,5 x 17,6 cm, Lawrence J. Schoenberg Collection,
University of Pennsylvania, Filadélfia.

Albrecht Dürer, *Lebre*, 1502, aquarela, 25,1 cm × 22,6 cm, Albertina Museum, Viena.

Charles M. Schulz, *You Can Do It, Charlie Brown*, Nova York, Holt, Rinehart and Winston, 1967.

Pistas

Este é um repertório de pessoas, animais, jogos, situações ou lugares, usados como ponto de partida para algumas histórias. São simples pistas — nenhuma completa, até porque aparecem apenas como coordenadas para as narrativas a que se ligam, nada mais que isso. Algumas terão verdade histórica, outras já serão lendárias e estarão envoltas no fino manto do falatório popular — algo delas, porém, foi sempre parar ao texto.

Acqua alta
É no mar Adriático que se situa a zona costeira da região do Vêneto. Ali edificaram Veneza, sobre estacas, na lagoa — uma cidade firmada sobre a beleza e a memória, mas também sobre a sorte. É que, não raras vezes, quando as habituais marés astronômicas se envolvem com o vento siroco, a água sobe muito acima do que seria desejado. Alagando assim, durante algumas horas, as ruas e as praças, as lojas de vidro Murano, o chão dos quartos.

Alebrije
Pedro Linares Lopez tinha uns trinta anos quando, febril e inconsciente, sonhou com criaturas coloridas e híbridas que chamavam por ele no meio de um bosque. Trabalhava nessa época como *cartonero* na Cidade do México. Despertando, quis reproduzir com as próprias mãos os seres. Recordava-se da palavra que

eles haviam repetido a noite inteira, e foi a partir dela que os nomeou: *alebrije*. Pôs-se a construí-los sem parar. Aqueles seres ganharam vida, e, com os anos, espalharam-se por todo o México. Em Oaxaca, especialmente, os *alebrijes* parecem ter encontrado o seu habitat natural. Hoje eles são criados por muitos artesãos, não apenas naquela estrutura de papel e arame da *cartonería*, mas também em madeira de copal.

Almíscar
Substância secretada por uma glândula prepucial que existe no corpo do cervo-almiscarado. O almíscar está também presente no corpo de outros animais, entre eles o boi-almiscarado, o pato-almiscarado, o besouro-almiscarado ou o rato-almiscarado. Algumas plantas, como a malva-almiscarada, têm-no nos seus componentes naturais. O odor do almíscar é forte, muito persistente, e difícil de tolerar num primeiro momento. Assim que refinado, revela-se tal como é: terroso, amadeirado, animal, e desejado em todo o mundo.

Anna Akhmátova
Nasce em 1889, perto de Odessa. É já a viver em São Petersburgo, pelos onze anos, que começa a escrever. Assina sempre com o sobrenome da avó materna. A sua poesia — no começo espiritual, intelectual e amorosa — cedo lhe dá o reconhecimento merecido, tanto do público como dos seus pares. Um desses pares é Óssip Mandelstam, grande amigo, que acabará por ser preso à sua frente e mais tarde executado. Akhmátova assiste, ao longo da vida, a fortíssimas atribulações políticas e sociais, que não só mudam a sua história como a forma como escreve. O seu primeiro marido acabará por ser executado; o filho, tal como o terceiro marido, capturado. Ela, porém, jamais abandona o país. Censurada e vigiada, passa a viver numa pobreza extrema, e deixa de

publicar. Recebe de vez em quando algumas amigas em casa, que arriscam a vida nessas visitas — Akhmátova, entre conversas vagas e goles de chá, entrega papelinhos com versos, que quem lê decora, passando à seguinte para que faça o mesmo. Tudo é queimado após a leitura. Assim se constrói, ao longo de anos, uma boa parte de um ciclo de poemas sobre as atrocidades cometidas durante a Grande Purga. Em 1963, *Requiem* é finalmente publicado, mas apenas no estrangeiro. Anna Akhmátova morre em 1966. No seu país, *Requiem* só será publicado nos anos 1980.

Antígona
Para os antigos gregos, um morto sem as devidas cerimônias fúnebres não passaria as portas do Hades. Na impossibilidade da cerimônia total, bastaria cobrir o corpo com uma camada de pó. Foi o que fez Antígona, contrariando as ordens de seu tio Creonte, que havia retirado a Polinices (irmão de Antígona) o direito à sepultura. Todas estas coisas, as razões pelas quais aconteceram, e as cenas que se seguiram, estão contadas na peça de Sófocles com este mesmo nome.

Ariranha
Também chamada de lontra gigante, ou onça-d'água, esta *Pteronura brasiliensis* é o membro mais comprido da família dos mustelídeos. Dona de um longo repertório de vocalizações, é ao mesmo tempo conhecida por ser a mais barulhenta. A ariranha é um predador ápex — está no topo da cadeia alimentar. Alimenta-se principalmente de peixe, sendo apreciadora até de piranhas. Se por algum acaso não houver peixe disponível, poderá comer caranguejo, cobra, ou até mesmo pequenos jacarés. A maioria das ariranhas vive no rio Amazonas, sendo hoje uma espécie em perigo de extinção.

Arthur Conan Doyle

Foi já depois do sucesso das aventuras de Sherlock Holmes e Watson — série de novelas pelas quais ficaria para sempre conhecido — que se veio a interessar com maior fervor por temas de cariz esotérico. Conan Doyle, escritor e médico inglês, mostrou especialmente este seu lado quando publicou, em 1920, um artigo na *Strand Magazine* onde defendia a existência de fadas. Intitulado "Fairies Photographed", vinha ilustrado com as fotografias que deram origem à celeuma da época sobre se seriam reais ou não as Fadas de Cottingley — pequenas fadas de papel junto das quais se tinham feito fotografar, num bosque, as primas Frances Griffiths, de 9 anos, e Elsie Wright, de 16. Tiradas com a câmera do pai de uma delas, a veracidade das imagens demorou muitos anos a ser desmentida. Foi só nos anos 1980 que as raparigas admitiram que tinham desenhado e recortado as fadas, suspendendo-as com a ajuda de alfinetes de chapéu. Frances, porém, manteve ao fim que a última das cinco fotografias era verdadeira.

Asfódelo

Planta que na mitologia grega está intimamente ligada ao mundo dos mortos. O campo de asfódelos é a zona do submundo reservada às almas indiferentes, que não viveram vidas extraordinárias nem terríveis. Uma espécie de equivalente clássico ao Purgatório cristão.

Asteroide

Quando, há 66 milhões de anos, um de 10 quilómetros de diâmetro colidiu com a Terra, esse acontecimento ditou o fim da Era Cetácea. E foi preciso começar tudo outra vez.

Audumla

Nos mitos nórdicos, a criação do mundo acontece em íntima

ligação com o gelo. Audumla é a vaca primordial que, nascendo do gelo derretido pela chama, se alimentou dele. De tanto lamber blocos de pedra salgada e gelada, logo durante a tarde do primeiro dia surgiu dali o cabelo de um homem. Audumla continuou a lamber e, ao segundo dia, já se via a cabeça. Na tarde do terceiro dia, um homem surgiu então do gelo: era Buri.

Baobá
Árvore nativa da África, com especial incidência em Madagascar. O seu nome científico é *Adansonia*. Em português chama-se também "embondeiro". Há ainda quem a conheça por "árvore de cabeça para baixo", já que os seus ramos se assemelham a raízes apontadas para o céu.

Bonobo
Junto com o chimpanzé, de quem também é parente, este animal é o primo mais próximo dos humanos. Os bonobos conversam entre si através de vocalizações várias, e também por gestos. Uma cria de bonobo, ao gargalhar, fá-lo com a boca muito aberta, e dentro do mesmo espectro-padrão de um bebê humano. Brincam muito enquanto crianças, mas também em adultos. São animais extremamente sexuais, e pouco quezilentos entre si. As suas sociedades são chefiadas por fêmeas.

Caneta Bic
Inventada em 1950 por Marcel Bich, na cidade de Clichy, é a rainha das esferográficas. Faz a mesma promessa desde o dia da sua criação: não deixar esgotar a tinta até que se terminem os 2 a 3 quilômetros de escrita de que é capaz. E cumpre. Isto se pelo caminho o dono não a perder, já que perder uma Bic é um acontecimento bastante comum. É uma caneta altamente polivalente: com uma Bic dá para contar quantos são os dedos numa

mão, apontar pontos num mapa, fazer lutas de espadas imaginárias, e até salvar vidas, fazendo dela a cânula em traqueotomias de emergência. Até hoje, exemplares desta caneta podem ser encontrados um pouco por todo o mundo — não raras vezes atados a um barbante e pendurados nalgum posto de correios ou banca de jornais.

Capri
Ilha italiana no mar Tirreno. É referida por Suetônio, quando nas suas *Vidas* fala no percurso de Augusto; surge na *Eneida* de Virgílio; foi para lá que Cômodo baniu a sua irmã Lucília. John Singer Sargent passou em Capri uma temporada e é por causa disso que existe aquela pintura *Cabeça de uma rapariga de Capri*. Também Graham Greene lá esteve. Não obstante, talvez seja mesmo conhecida é por causa daquele *single* que Hervé Vilard lançou em 1966: "Capri C'est Fini" foi um sucesso mundial tão grande, que Vilard chegou a gravar a canção em sete línguas diferentes.

Careto
Figura mascarada, típica sobretudo das festas de Trás-os--Montes, em Portugal. A sua existência é uma herança antiga, ritualística, tradicionalmente ligada aos solstícios, às boas colheitas e à fertilidade. Por costume, apenas rapazes solteiros podiam vestir-se de careto. A indumentária consiste numa máscara colorida, de nariz pontiagudo, a tapar o rosto; um traje de calças e camisa, todo decorado com colchas franjadas de lã verde, vermelha e amarela. Traje e máscara são feitos à mão, em comunidade, durante o ano nas aldeias. Os caretos levam ainda duas bandoleiras de campainha cruzadas ao peito e nas costas, e chocalhos enfiados na cintura, que usam para "chocalhar" as raparigas solteiras que passam. Carregam por vezes um pau na mão, que os ajuda nos saltos e na correria pela aldeia. A sua presença mais forte é na al-

deia de Podence, que celebra as festas dos caretos durante o carnaval. Hoje, também as mulheres podem vestir o traje e "chocalhar", assim como os homens casados. A um jovem aprendiz de careto chama-se facanito.

Catão de Útica
Também conhecido como Catão, o Jovem. Aparece a Dante e a Virgílio durante o caminho da *Comédia*. Tendo cometido suicídio, está morto e às portas do Purgatório para os receber, após as longas voltas de ambos pelo Inferno. Também Montaigne escreveu sobre a figura deste Catão e sobre o seu suicídio, assim como Almeida Garrett, que lhe dedicou uma tragédia. Herman Melville, em *Moby Dick*, refere-o logo no primeiro parágrafo do primeiro capítulo: "Num meneio filosófico atira-se Catão sobre a sua própria espada; eu, tranquilamente, atiro-me ao navio".

Cerro Largo Fútbol Club
Fundado em 2012, é o time de Melo, departamento de Cerro Largo, no Uruguai. O seu emblema é um círculo com vinte estrelas dentro. A camiseta do uniforme titular é de listras azuis e brancas. O hino do clube começa assim: "*Va mi saeta que cruza mi voz/ Como un cielo de sueño de niño/ Aquel túnel no es ni quimera ni adiós/ Sino un grito rebelde de gol*".

Charles Chaplin
Para além de realizador e ator, foi também compositor. Terá dito um dia, enquanto trabalhava com David Raksin na trilha sonora de um dos seus filmes, qualquer coisa como: "O que precisamos aqui é de uma daquelas melodias de Puccini". Assim nasceu "Smile", instrumental, a canção que fecha o filme mudo *Modern Times*, de 1936.

Chicxulub

Cratera de impacto localizada sob o que é hoje a província do Iucatã, no México. Mede mais de 180 quilômetros de diâmetro. A sua existência é marca do embate de um asteroide com a Terra, há cerca de 66 milhões de anos.

Constantin Brancusi

Ao longo de toda a vida (1876-1957) esculpe vários pássaros. Na série dos primeiros anos, iniciada em 1910, os pássaros estão aparentemente quietos, de peito inchado e bico entreaberto. Como se prestes a cantar. São várias peças — algumas em bronze, outras em mármore — e todas se chamam *Maiastra*. Na Romênia natal de Brancusi, Maiastra é um ser bem presente no folclore e nas lendas: um pássaro mitológico, emplumado, com poderes milagrosos. Ao mesmo tempo, na língua romena, a palavra *maïastra* quer dizer "mestre".

Cultura ertebolense

Existiu no final do Mesolítico, na região onde fica agora o sul da Escandinávia, que nesse tempo era mais quente e úmida do que é hoje. Os ertebolenses viveram no litoral, próximos de locais onde estavam bancos de ostras. Dedicaram-se à pesca, principalmente de cetáceos, à caça de aves e de fauna dos bosques. Existem ainda hoje, na região, vestígios desta cultura: escavações revelaram vários montes feitos de cascas e ossos, pedaços de peças de olaria, assim como corpos humanos sepultados. Foram encontradas também sepulturas de cães, não raras vezes enterrados junto aos humanos. O cão é provavelmente o único animal que o ertebolense domesticou, e pelo qual se fez acompanhar.

Davi

Ao contrário da maioria das suas representações, onde ele

nos aparece já vitorioso, o de Michelangelo surge *anterior* ao combate. Conhecemos Davi pelo Livro de Samuel: luta com o gigante Golias; vence-o pelo poder da pedra e do estilingue. A estátua, encomendada para adornar o alto da Catedral de Florença, passou muitos anos como um bloco de mármore inacabado e deixado ao abandono. É que dois escultores haviam já começado aquele trabalho, desistindo ambos da empreitada. Michelangelo Buonarroti então pegou nele, e em três anos esculpiu um Davi de 5,17 metros. Em 1504, data em que foi concluído, decidiu-se afinal que aquela escultura colossal — a primeira desde a Antiguidade Clássica — devia ser colocada mais ao nível do chão, e num outro lugar. Foram precisos vários dias para arrastar a estátua desde o estúdio de Buonarroti até à Piazza della Signoria. Davi permaneceu na praça até 1873, quando — para ser protegido de intempéries ou de gente que lhe pudesse no futuro inevitavelmente partir os pés à martelada — foi levado para a Galleria dell'Accademia. O original foi pouco depois substituído por uma cópia, a mesma que está na praça até hoje. Existe ainda uma outra, mas em bronze, a observar Florença desde a Piazzale Michelangelo. E existem depois milhares, quem sabe milhões, pelo mundo inteiro: diz-se que o Davi de Michelangelo é a estátua mais reproduzida de todas as estátuas. Entre cópias em tamanho real, postas à porta de universidades ou dentro de cassinos, e reproduções em miniatura fixas aos painéis dos automóveis ou coladas nas geladeiras, Davi — tenso, ao mesmo tempo sereno, e de funda ao ombro — não para de estar pronto para a luta.

David Drake

Até ao dia em que pôde exercer o direito de voto, era conhecido como Dave The Potter. Drake foi o sobrenome que escolheu quando finalmente se pôde recensear. Nascido por volta de 1801, era oleiro e poeta. Foi escravizado em Edgefield, na Carolina do

Sul, durante praticamente a vida inteira. Em 1835, esse estado norte-americano aprovou uma lei que proibia os escravizados de ler e escrever. David continuou a inscrever versos, notas, instruções, por vezes uma palavra só, nos seus potes. Ou escrevia apenas "Dave", e a data. Em 1840 gravou num pote: "Another trick is worse than this/ Dearest Miss, spare me a kiss". Em 1857, num outro pote: "I wonder where is all my relation/ Friendship to all and every nation". Em 1858, inspirado no Antigo Testamento: "I saw a leopard and a lions face/ Then I felt the need of grace". Terá morrido por volta de 1870, deixando pelo menos cem grandes vasos assinados, quarenta deles inscritos de versos.

Diastema
Espaço entre dois dentes, mais comum entre os incisivos centrais superiores. Nalgumas culturas é considerado um sinal de extraordinária beleza, noutras nem tanto. Em Portugal chamam-lhe *dentes de mentiroso*. A expressão coloquial francesa para diastema é *dents du bonheur*.

Durião
Fruta muito comum no Sudoeste Asiático, de aparência e tamanho semelhantes aos da jaca, cujo odor é bastante forte. Não reúne consenso: nalgumas culturas é considerado delicioso, noutras terrivelmente difícil de tolerar — quer o gosto, quer o cheiro, quer apenas a sua proximidade.

Egon Schiele
Começa por desenhar trens, ainda criança, mas rapidamente os troca pelo desenho do corpo humano. Quase todos os corpos que ele pinta estão nus: são mulheres e homens quase sempre sozinhos, sem ambiente ou espaço em volta, com fisionomias muitas vezes magras. Várias vezes se pinta a si mesmo. Por vezes pin-

ta crianças. As cores destes seus retratos não são totalmente fiéis às cores reais, mas tendem a parecer-se com as cores do espírito. Morre aos 28 anos, em 1918.

Enoque
É o pai de Matusalém. Um dia, aos 365 anos, deixou de existir. No Livro do Gênesis pode ler-se: "Enoque andou na presença de Deus, e desapareceu, pois Deus arrebatou-o". Este arrebatamento permanece até hoje por explicar.

Equelopo e Elefenor
Dois dos incontáveis mortos da Guerra de Troia. Um é filho de Talísio, e o outro de Calcodonte. Sobre os seus corpos digladiam-se aqueus e troianos, tal como contado no canto IV da *Ilíada*.

Esopo
Contador de histórias grego, nascido no século VI a.C. Embora a sua existência seja até hoje discutida, o conjunto de fábulas cuja autoria lhe é atribuída existe com certeza. Também conhecido como *Aesopica*, são histórias onde a maioria das vezes os animais têm características antropomórficas e algumas lições para dar. O livro conheceu já infinitas publicações, com fábulas postas em ordens distintas e ilustrações de vários tipos. Nem todas as histórias de Esopo seriam originais: muitas ele terá ouvido e reproduzido. De alguma maneira isto continua a acontecer, com vários autores a escreverem e desenharem ainda declinações da *Aesopica*.

Esposa de Uta-Napishtim
Uta-Napishtim, no épico de Gilgamesh, é o homem que sobreviveu ao Dilúvio após ser instruído pelo deus Ea a construir

uma arca. Dentro da arca ficaram Uta-Napishtim e a sua esposa — cujo nome não é revelado —, e com eles outros familiares, assim como artesãos de cada ofício, animais, prata e ouro. Quando Gilgamesh encontra Uta-Napishtim, quer saber o segredo da sua vida eterna. O imortal pós-diluviano responde que lho revelará se ele se mantiver acordado por seis dias e sete noites. Gilgamesh, que chega ali tão cansado de tantas viagens, adormece imediatamente. Uta-Napishtim põe-se logo a rir dele. É então que a sua esposa intervém, tentando pôr juízo àqueles homens, e recomenda-lhe que o desperte. Uta-Napishtim ignora-a e sugere em vez disso à mulher que coza sete pães — diz-lhe que os coloque ao pé de Gilgamesh, para que através deles vão contando os dias. Os pães, a cada dia que passavam, iam ficando mais duros. Até que, ao sétimo dia, estando o pão ainda nas brasas, Gilgamesh acordou.

Ésquilo
Diz-se que terá sonhado a causa da própria morte: estaria relacionada com a queda de algum objeto sobre a sua cabeça. Por causa disso não gostava de ficar muito perto das paredes. Reza a história — contada, entre outros, por Montaigne — que um dia, estando Ésquilo a fazer uma caminhada, uma águia deixou cair sobre ele uma carapaça de tartaruga. O animal confundira a sua cabeça com a pedra que lhe abriria ao meio o jantar, e foi assim que a águia matou o pai da tragédia grega.

Figuras de Lichtenberg
Padrões fractais que podem surgir quando existem fortes descargas de eletricidade em certas superfícies. Há quem as desenhe propositadamente, por exemplo, na madeira. Também podem acontecer derivadas de uma descarga natural: se um relâmpago atingir uma superfície, um desenho semelhante a pequenas raízes,

ou até ao próprio relâmpago, pode ficar temporariamente tatuado no corpo. Isto acontece tanto em corpos materiais, como no corpo humano. Um humano atingido por um relâmpago, e que lhe sobreviva, pode ficar com ele desenhado nas costas por vários dias.

Francesca e Paolo

Francesca da Rimini, filha de Guido da Polenta, foi oferecida em casamento ao filho mais velho de Malatesta da Verrucchio, rival de seu pai. O matrimônio — que serviria como acordo de paz entre as duas famílias — foi realizado por procuração, já que o noivo Giovanni Malatesta era um homem feio. Veio então o irmão mais novo de Giovanni, Paolo Malatesta, para selar o matrimônio. E o que aconteceu foi que afinal se apaixonaram Francesca e Paolo. Dante, na *Comédia*, conta-nos como foi ao lerem juntos um livro que os dois se beijaram pela primeira vez. Surpreendidos no ato por Giovanni, foram assassinados e enviados para o Inferno. É aí que, segundo testemunho do poeta Dante, se encontram juntos até hoje.

Girafa

É o mais alto de todos os animais terrestres. Pode chegar a medir 5,4 metros, e o seu coração, meio metro. O pescoço de uma girafa, tal como o dos humanos, tem sete ossos. Dorme muito poucas horas por dia, de maneira interrompida, e geralmente de pé.

Grão de mostarda

Pode ser de várias cores, num espectro que vai do branco-amarelado ao preto. No Novo Testamento, Evangelho segundo São Mateus, aparece a dar o nome a uma das menores parábolas contadas por Jesus, que compara um grão de mostarda ao Reino dos Céus. Há também uma parábola budista a envolver mostarda: Kisa Gotami, uma mulher que acabara de perder um filho, dirige-se a Buda pedindo-lhe que traga a criança de volta à vida. Buda diz que lhe concederá o desejo, mas apenas se ela conseguir ofertar-lhe uma mão cheia de sementes de mostarda, cada uma trazida de uma casa onde ninguém *jamais* tenha alguma vez sofrido qualquer morte: de um pai, de uma mãe, de um amante, de um amigo ou de um filho. A mulher, não conseguindo recolher as sementes, entende que nenhuma casa — nenhuma vida — está livre da morte. Regressa a Buda, que a conforta, entrando Kisa Gotami no Primeiro Estágio da Iluminação.

Hipátia
Nasce em Alexandria, por volta de 370 d.C. Seu pai — o matemático Theon — era também seu professor. Hipátia foi ela mesma matemática, filósofa e astrônoma. Influente e respeitada na sociedade, era escutada atentamente por mulheres e homens que se reuniam para ouvir as suas lições. Foi, no final da vida, conselheira de Orestes, prefeito romano de Alexandria. Hipátia terá sido vítima de uma conspiração política e religiosa, o que levou a que fosse assassinada e desmembrada por uma multidão em fúria.

Ismael
O filho de Abraão com a serva Agar. Algum tempo após o nascimento de Isaac — filho de Sara, esposa de Abraão —, Ismael e sua mãe saíram da casa do pai do menino. Embrenharam-se então no deserto de Bersebá, onde andaram bastante tempo ao acaso. Quando a água acabou, e Agar em desespero julgou que não aguentaria ver o filho morrer de sede, deixou o menino sob um arbusto e "foi sentar-se do lado oposto, à distância de um tiro com arco". Ismael, cujo nome aliás significa "Deus escuta", não morreu nesse dia. Deus ouviu-os e guiou o olhar de Agar até

um poço com água, onde puderam saciar a sede. Ismael cresceu, viveu no deserto e tornou-se um hábil arqueiro.

Jacó e Esaú

São os filhos gêmeos de Ismael e Rebeca. Já no ventre de sua mãe eles lutavam. Quando nasceram, um vinha agarrado ao calcanhar do outro: era Jacó que puxava Esaú, para o impedir de nascer primogênito. Cresceram, Esaú para ser caçador e apreciador do relento, Jacó para ser pensativo e mais caseiro. Um dia, regressando Esaú cansado dos campos, encontrou Jacó a preparar comida. Pediu-lhe que lhe desse a comer daquele guisado, coisa que o irmão assentiu, mas só e apenas se ele renunciasse ao direito de primogenitura. Esaú disse sim, e comeu do prato de lentilhas.

Jogo da malha

É um desporto de pontaria. Muito praticado nas aldeias do interior de Portugal, especialmente pelos mais velhos. Dá para jogar sozinho, em dupla, ou mesmo em quarteto. Consiste em atirar-se uma pedra ou um disco de metal na direção de um pino cilíndrico — a ideia é derrubá-lo, ou pelo menos deixar cair o projétil o mais perto dele possível. É também conhecido como Chinquilho ou Jogo do Fito, e é um parente próximo de jogos como a Petanca e o Jogo de Bocha.

Jogo do astrágalo

É capaz de ser um dos jogos mais antigos da história dos jogos. É conhecido por vários nomes em lugares de todo o mundo, sendo Jogo da Bugalha um nome bastante utilizado hoje. Tem muitas regras, muitas nuances, mas a explicação mais simples é: atira-se um objeto ao ar com uma mão, tenta apanhar-se o objeto com as costas da mesma mão. Pode ser jogado com pedras, sementes, conchas — conforme o lugar e a época em que se brinca.

Na Grécia Antiga já se jogava este jogo, e as peças eram, na maioria das vezes, ossículos dos tornozelos dos cordeiros. O astrágalo — nome do osso e também do jogo — aparece representado numa certa pintura que em tempos existiu em Pompeia e que hoje guardada está no Museu Arqueológico de Nápoles. É um afresco da parede da Casa dos Dióscuros, e representa o momento-chave em que Medeia considera sobre matar ou não matar os seus filhos. Ela está em primeiro plano, os meninos em segundo. Junto às crianças está Trago, o pedagogo — tão impotente hoje, ali preso ao desenho de quase 2 mil anos, como naquele dia de desvairo e morte. É que Medeia já segura a espada que usará não só para acabar com o filho que carrega no ventre, como para matar aqueles dois que jogam astrágalo sobre a pedra.

Jogo do hóquei de fogo

Conhecido no México como "pelota de fuego purépecha", ou "pelota purépecha encendida", é um jogo milenar, de tradição purépecha. Joga-se com bastões de madeira e uma bola em chamas. Esta bola, que pode ser feita de uma amálgama de tecido e corda ou envolta em resina, por vezes é encharcada de gasolina para que o fogo pegue melhor. Já posta a arder, e em jogo, a bola pode ser tacada com o bastão pelo chão ou pelo ar. A ideia é fintar o mais possível o time adversário e marcar gol na baliza deles. Disputa-se com pelo menos cinco jogadores de cada lado. As partidas costumam acontecer durante a noite, que é quando a bola se vê melhor. A bola rolante em chamas simboliza o Sol que passa pela Terra, a luta entre as trevas da noite e a luz do dia. Joga-se nas ruas e nos parques de várias comunidades no estado de Michoacán, território original do povo purépecha.

Jogo do peixinho

Jogo que consiste em atirar pedras ao rio, só para ver quantos saltos elas dão. Funciona apenas quando as pedras são achatadas e lisas — quanto mais achatadas e mais lisas, maior o número de pulos na água. Se a pedra der um salto, ou mais de um, o seu atirador tem direito a gritar: peixinho!

Joseph Mallord William Turner

Existe uma rábula bastante famosa que conta que Turner — o pintor inglês nascido em 1775 — se atou ao mastro de um navio durante uma tempestade, de forma a aprender a pintar a fúria do mar. Pensa-se hoje que tal história talvez seja falsa, mas por muitos anos ela ajudou a explicar com maior eficácia a forma como Turner se envolvia diretamente com o mundo em volta. Reconhecido ainda em vida como um brilhante artista, William elevou a pintura de paisagem a configurações nunca antes vistas. Fosse na pintura a óleo, nas aquarelas, ou até nas gravuras, o seu trabalho revelava uma entrega física quase total. Dedicou-se desde cedo à observação dos fenômenos da natureza e à sua representação, e, contrariamente aos seus contemporâneos, pintava quase sempre ao relento. Era dono de uma curiosidade insaciável — que aliava à enorme disciplina que impunha a si mesmo — e transformava o que via através de uma imaginação pulsante. Pintou névoa, luz, espuma e água como se as criasse pela primeira vez no mundo. John Ruskin, um feroz defensor de Turner na época, ao falar do seu processo de trabalho, escreveu: "Corta a direito na direção das raízes". William Turner morreu a 19 de dezembro de 1851.

Kajal

Cosmético de uso milenar, tradicionalmente feito a partir de antimonita moída. É utilizado em vários países do mundo para pintar os olhos tanto de mulheres e homens adultos, como de crianças.

Lebre

Animal essencialmente crepuscular e noturno. Costuma dormir de dia e correr de noite. Contrariamente ao coelho, não vive em tocas — procura tomar abrigo entre a vegetação, ou em pequenas depressões nos terrenos. As suas orelhas podem chegar a ser maiores que a própria cabeça. Tem grandes e ágeis patas traseiras, portanto é um animal muito rápido. E enquanto um coelho nasce cego, a lebre já nasce com os olhos abertos e perfeitamente formados.

Leonardo da Vinci

Foi pintor, engenheiro, escultor, cientista, arquiteto, tudo. Dotado de um espírito científico e de um caráter inventivo ambos muito à frente do seu tempo, encarnou o epítome do homem renascentista. Até hoje, em museus e igrejas, se fazem filas sem fim para ver o seu trabalho: *Mona Lisa*, *A Última Ceia*, *Homem de Vitrúvio*, *A Virgem nos Rochedos* e tanto mais. Nascido em 1452, perto de Vinci, foi em Florença que começou por estudar com os grandes mestres. Foi também aí, no Hospital de Santa Maria Nuova, que testemunhou a morte de um homem muito velho, cujo corpo dissecou e desenhou para encontrar a causa daquilo a que chamou, por escrito, de "morte tão doce". Estas coisas ele anotava ao lado dos desenhos, numa caligrafia em espelho, canhota, da direita para a esquerda. Os últimos anos da sua vida passou-os a desenhar, repetidamente, tempestades e dilúvios cataclísmicos que destruíam a paisagem. Aqui já perdera a força num dos braços. Escreveu longas passagens falando da fútil luta do homem contra as forças da natureza, consciente que estava da impermanência de todas as coisas, até mesmo do planeta. Morreu aos 67 anos.

Ludwig van Beethoven

O compositor e pianista alemão já era um reconhecido músico quando, por volta dos trinta anos, começou a perder gradualmente a audição. Para escutar melhor, tentou a corneta acústica, que pouco parece tê-lo ajudado. A partir de 1818 passou então a usar consigo cadernos em branco, nos quais pedia às pessoas que escrevessem o que queriam dizer. Tinha-os também espalhados pela casa. Após a leitura, respondia quase sempre oralmente, embora por vezes o fizesse por escrito — quando abordado por alguém que lhe pede conselhos sobre como lidar com a surdez, Beethoven recomenda "banhos e ar do campo". Nalguns destes cadernos misturam-se também as anotações pessoais sobre coisas mundanas — listas de comidas e preocupações familiares — com notas para, por exemplo, a *Missa Solemnis*. Foi já surdo, ou praticamente surdo, que Beethoven trabalhou aliás na sua composição, assim como na da *Nona Sinfonia*.

Luigi Illica e Giuseppe Giacosa

Libretistas, habituais colaboradores de Giacomo Puccini. Illica — que de fato perdeu a orelha numa rixa — construía a trama e os diálogos. Giacosa, por sua vez, transformava o libreto em versos. Giacomo Puccini terá visto uma peça teatral de Victorien Sardou, *La Tosca*, e não descansou enquanto não conseguiu os direitos para a transformar em ópera. Encomendou-lhes então o libreto, e, quatro dolorosos anos depois, nasceu *Tosca*, uma ópera em três atos sobre a entrada das tropas napoleônicas em Itália.

Luís XIV

Rei de França durante 72 anos e 110 dias. Praticava uma monarquia absolutista. Em todos esses anos, diz-se, são-lhe conhecidos três banhos tomados. Naquele século XVII, partilhava-se entre a nobreza francesa a ideia de que água seria uma fonte de contaminação de doenças. Mas Luís gostava de bons odores, especialmente os que vinham das flores. Considerava os jardins de Versalhes tão importantes quanto o palácio em si, tendo contratado para a sua renovação e expansão o paisagista André Le Nôtre. Quanto às doenças, apesar de todos os esforços por parte da corte para fazer passar lá para fora a imagem de um rei muito saudável, supõe-se que Luís sofria de maleitas várias — abcessos dentários, enxaquecas, e uma vez até mesmo uma fístula anal com indicação cirúrgica.

Luz de presença

A nictofobia é uma palavra complicada que alguns adultos usam para aquela que é uma das mais naturais e tenebrosas angústias das crianças: o medo do escuro. Sendo verdade que esse medo costuma acontecer num tempo específico da infância, e durante a noite, é verdade também que pode regressar em qualquer idade, a qualquer hora do dia. Vários foram os auxiliares usados ao longo do tempo para combater esse terror. A luz de presença talvez seja o mais antigo. Aquilo que terá começado como uma chama na caverna, evoluiu nalgum momento para um ponto de luz sutil que se liga diretamente à tomada e pronto. Cumpre, como o próprio nome indica, o propósito de fazer-se sentir presente: como se fosse um corpo que faz companhia a outro corpo, como se acabasse com o verdadeiro terror do abandono.

Mandrágora

Planta da família *Solanaceae*. O seu aspecto, com raízes que lembram um corpo com braços e pernas muito semelhante ao nosso, exerce fascínio na humanidade desde que há memória. Ao longo do tempo, conforme as culturas, tem sido usada com diferentes propósitos, quase sempre mágicos. Os antigos gregos temiam-na e reverenciavam-na. Mandrágora, em hebraico, diz-se "dudaim", palavra que também se pode traduzir como "flor do amor". Dela se extraía o suco que em tempos bíblicos se julgou capaz de fazer nascer o amor e favorecer a fecundidade. Rúben — um dos doze filhos de Jacó —, passeando um dia pelos campos, colheu a planta e levou-a a sua mãe Lia.

Marcel Proust
Escreveu, em sete tomos, aquele que é considerado por muitos como sendo o grande *roman-fleuve*: *Em busca do tempo perdido*. A primeira frase de todas é "Durante muito tempo fui para a cama cedo". Bastante mais à frente, mas ainda antes do meio do livro, o narrador por acaso não está na cama, mas sim no jardim. É que no primeiro tomo — *No caminho de Swann* — há muito ir e vir entre o quarto e o jardim. Está então o rapazinho no jardim, a meio da tarde, quando é arrancado à leitura pela filha do jardineiro. Ela chega esbaforida ("derrubando à sua passagem uma laranjeira, cortando-se num dedo, partindo um dente e gritando"), e tudo para avisar que vêm lá os soldados da cavalaria. Proust morreu aos 51 anos, em França, após uma vida inteira a sofrer de asma e outras maleitas.

Matusalém
Filho de Enoque, é o homem mais velho de toda a Bíblia. Terá morrido com 969 anos. Existe de fato uma árvore batizada com esse nome, embora um pouco mais velha — está hoje com mais de 4.800 anos.

Meccano
Marca de brinquedos muito em voga nos anos 1980 e 1990 em Portugal. Era considerada por certas crianças como uma espécie de "passo à frente" do Lego. Vinha em peças também, mas os sistemas de construção tendiam a ser mais complicados. Com a ajuda de ferramentas mais ou menos eficazes, montavam-se modelos de bicicletas, automóveis, pontes, e afins.

Metlakunta

Aldeia indiana, no estado de Telangana. Fica a cerca de 99 quilômetros do Aeroporto Internacional Rvij Gandhi, a 100 quilômetros do Aeroporto de Begumbet. Ambos se situam em Hyderabad, estando um deles hoje parcialmente desativado.

Molly Drake

Nascida Mary Lloyd, em Rangum. Todos lhe chamavam Molly. Ainda jovem, formou com a irmã Nancy o grupo The Lloyd Sisters. Durante o tempo em que estiveram refugiadas em Delhi, na época da Segunda Guerra Mundial, cantavam e tocavam juntas num programa de rádio. Ao regressar a Rangum, Molly casou com Rodney Drake. Ali tiveram dois filhos: Gabrielle Drake, atriz, e Nick Drake, o músico autor de "Pink Moon". Mais tarde a família mudou-se para Inglaterra, onde Molly viveu até ao fim da vida. Foi na casa de Tanworth-in-Arden que escreveu a maioria das suas canções e poemas, que tocava e cantava para os mais íntimos. As composições de Molly Drake só foram lançadas postumamente. Entre elas está "I Remember", que diz: "and now we can be grateful for the gift of memory".

Monte Ararat

Cadeia montanhosa vulcânica. Situa-se hoje na Turquia, junto da fronteira armênia. Várias são as lendas que identificam esse como sendo o lugar onde pousou a arca de Noé: segundo o Livro do Gênesis, uma arca feita de madeiras resinosas, dividida em compartimentos, dentro da qual Noé e a família — assim como animais de todas as espécies — se resguardaram durante o Dilúvio. Ali esperaram pousados durante muito tempo. Quando um dos pássaros saiu e regressou, trazendo no bico uma folha *verde* de oliveira, Noé soube que as águas haviam definitivamente baixado.

Monte Mitucué

Fica em Moçambique, na província do Niassa, não muito distante da cidade de Cuamba. Tem mais de mil metros de altura, e é um monte importante para o povo macua. Fica próximo do rio Lúrio e no seu sopé há bastante vegetação — para se chegar à comunidade mais próxima ao monte, é preciso passar-se um túnel feito por árvores frescas e sombra.

Montes Pentadáctilos

Parte das Montanhas de Cirênia, ficam na parte ocidental da cordilheira do centro-norte do Chipre. São rochedos majoritariamente calcários. Há mesmo quem chame de Pentadáctilos à totalidade das montanhas de Cirênia. O nome quer dizer, tanto em grego como em turco, "cinco dedos", e chama-se assim por causa do seu pico, dividido em cinco saliências bicudas.

Nervo ciático

É o maior nervo do corpo humano. Começa no final da coluna e vai até aos pés. No caminho, quando chega ao joelho, ainda tem tempo para bifurcar. A dor ciática, que aparentemente existe no mundo pelo menos desde que os homens começaram a pôr-se de pé, provém da compressão ou inflamação deste nervo. Jurar o que quer que seja com a mão posta sob a coxa é por isso um rito de promessa dos mais sérios, e também dos mais antigos.

Níobe

O seu epíteto eram as belas tranças. No tempo em que as tranças ainda estavam viçosas, Apolo matou-lhe os seis filhos com o arco de prata, enquanto Ártemis lhe assassinou as seis filhas disparando contra elas as flechas. Níobe chorou tanto, por tanto tempo, e no mesmo lugar, que a pedra do monte Sípilo cresceu sobre ela. Diz na *Antígona*, de Sófocles: "teve morte horrível,/ quando a pedra, crescendo, a venceu, como a hera agarrada".

Nucifraga columbiana

O seu nome comum é Quebra-Nozes de Clark. É uma ave passeriforme da família dos corvos, nativa das montanhas ocidentais norte-americanas. Alimenta-se principalmente de pinhões, que esconde no subsolo durante o final do verão e o outono, recordando-se perfeitamente da sua localização durante o inverno e a primavera, quando as vai desenterrar. São pássaros dotados de uma memória espacial altamente desenvolvida, que pode durar até 285 dias.

Ouriço-cacheiro

Muitas vezes confundido com o porco-espinho, inclusive por mim, que na edição portuguesa deste livro lhe troquei o nome. Bastante gente o chama assim, e chamam-lhe também ouriço-cacho. Para os mais íntimos é ouriço e basta. Este *Erinaceus* distingue-se, afinal, bastante bem de um porco-espinho: o ouriço come insetos, ovos de passarinho, pequenas cobras, várias bagas e até melão. O porco-espinho come erva. É da ordem dos roedores — o ouriço não. O ouriço é menor do que o porco-espinho e os seus espinhos são também menores. E enquanto os espinhos de um porco-espinho podem ficar presos nalgum lugar e soltar-se, os de um ouriço raramente caem. Um ouriço adulto pode chegar a ter dezenas de milhares de espinhos. Ao contrário do porco-espinho, ele não os usa para o ataque, mas sim para a defesa: quando pressente perigo, o ouriço enrola-se em bola e o seu corpo fica todo coberto de espinhos. Talvez a única exceção a este comportamento seja o dos ouriços que faziam de bolas de críquete no jogo entre Alice e a Rainha de Copas — esses, para se defenderem, desenrolavam-se e fugiam do campo, tornando a tarefa de Alice e do seu taco-flamingo muito mais difícil. Outros ouriços notáveis na ficção incluem a Senhora Tiggy Winkle — personagem de um livro de Beatrix Potter, inspirada no seu próprio ouriço de estimação —, e Sonic, a mascote da Sega que veio para fazer frente ao Super Mário da Nintendo nos anos 1990. Existe ainda aquele do poeta Arquíloco, citado por Isaiah Berlin, que num fragmento surge assim: πόλλ᾽ οἶδ᾽ ἀλώπηξ, ἀλλ᾽ ἐχῖνος ἓν μέγα ("a raposa sabe muitas coisas, o ouriço sabe uma só coisa grande)".

Palio de Siena
Corrida de cavalos que acontece duas vezes por ano na cidade de Siena, Itália, desde tempos medievais. São dez *contrade* (bairros) a participar de cada vez, cada uma representada por cavalo e cavaleiro. Acontece na Piazza del Campo, com os cavaleiros (*fantini*) usando as cores e emblemas da respectiva *contrada*, e a montar o cavalo em pelo. A corrida são três voltas à praça. O cavalo a cruzar primeiro a meta, vence. Mesmo que chegue sem cavaleiro.

Parelha de leões
Conta Lucrécio, em *De Rerum Natura*, que à Terra se chamara em tempos "Mãe dos deuses e Mãe das feras". E que os antigos poetas gregos a haviam cantado exatamente assim, sentada num trono, conduzindo um carro puxado por uma parelha de leões.

Pedras
São aparentemente coisas quietas. No entanto, não param de aparecer neste livro. Entre pedras atiradas ao rio e pedras de partir pinhões, elas vão surgindo aqui e ali — por vezes ao centro da história, outras vezes em paisagem. Há pedras que se carregam,

pedras de estilingue e pedras de sentar. Há uma mulher transformada em pedra. Pedras-baliza. Até uma cabeça é confundida com pedra. Pedras surgem caindo nas histórias como se descessem do ar, embora não exatamente meteóricas — à exceção de uma. Casos assim, de pedras que chovem realmente no asfalto e nas salas, embora existam documentados, não chegaram a caber neste livro. Nem entraram as pedras de *Molloy*, que o personagem de Beckett usava nos bolsos e ia chupando por ciclos, uma de cada vez. Ainda que eu não o tenha notado imediatamente, entrou, isso sim, o espectro de Roger Caillois, que colecionou pedras a vida inteira e depois as deixou ao Museu Nacional de História Natural francês. O antropólogo escreveu três livros sobre pedras: *Pierres*; *Pierres réfléchies*; *L'Écriture des pierres*. Este último — que começa: "Assim como os homens sempre andaram atrás de pedras preciosas, ao mesmo tempo sempre valorizaram as pedras curiosas (...)" —, diz ainda que "as pedras possuem uma espécie de *gravitas*, alguma coisa final e imutável, algo que nunca irá perecer ou então já pereceu". Essas são as pedras deste livro. Banais e não banais. Usuais ou amuletos. Lugares que nos sustentam, mas que não querem exatamente saber de nós. Amálgamas de tempo. Donas de uma beleza imediata e distantes da ideia de perfeição, tirando aquele momento em que a grande pedra de mármore passou a ser Davi.

Penélope

Durante vinte anos abandonada pelo marido Odisseu, é ela quem segura as pontas de tudo em Ítaca; é ela quem cuida de Telêmaco (mesmo quando ele é insolente) até que cresça para partir também; e é ela quem consegue manter longe de si os pretendentes que procuram desposá-la e substituir Odisseu em todas as coisas. Um dos engenhos que Penélope usa para isto, é o de dizer a estes homens ociosos que deve primeiro acabar de tecer um manto — peça que desfaz todas as noites, recomeçando na manhã seguinte. Sabemos que sente muito a falta de Odisseu, porque ela mesma o diz no canto I da *Odisseia*: "Tal é a cabeça que desejo com saudade, sempre recordada".

Pirilampos

Também conhecidos por vaga-lumes, existem hoje cerca de 2 mil espécies destes insetos no mundo. Em Portugal estão cerca de uma dezena — entre elas a *Lampyris iberica* e a *Luciola lusitanica*. São seres bioluminescentes, e piscam mais ou menos pelas mesmas razões que os humanos gritam: para se defender de predadores, para sinalizar perigo, ou até para acasalar. A ausência de pirilampos no mundo vem vindo a ser cada vez mais notória. Isso deve-se a vários fatores, sendo um deles a poluição luminosa, que lhes dificulta a comunicação e, portanto, a reprodução: os pirilampos têm cada vez menos escuro onde brilhar. Já Pasolini, pouco antes de morrer, falou do desaparecimento dos pirilampos, assim como de um certo tipo de luz limpa. Como forma talvez de tentar manter a claridade, existe hoje o Dia Mundial dos Pirilampos. Acontece até um Simpósio Internacional sobre Pirilampos. No Japão estes insetos são amados e admirados em longas noites de verão. O filme *Hotaru No Haka* — *O Túmulo dos Pirilampos* —, de Isao Takahata (baseado num conto com o mesmo nome da autoria de Akiyuki Nosaka), é um dos filmes de animação mais bonitos do mundo, e também um dos mais tristes.

Podostroma cornu-damae

Da família *Hypocreaceae*, é um fungo cujas toxinas podem ser absorvidas através da pele humana. Conhecido comumente como "coral de fogo venenoso" — ou, como indicado pelo seu epíteto latino, "chifres-de-veado" — é natural do Japão, embora hoje possa ser encontrado também nas florestas australianas. Se ingerido, costuma oferecer um sem-fim de sintomas altamente desconfortáveis, e mesmo levar à morte.

Quileiro
Indivíduo que compra pequenas quantidades de produtos em lugares fronteiriços do Brasil, vendendo-os depois no Uruguai, e vice-versa. As viagens entre um lado e outro da fronteira são feitas por estradas não convencionais, longe da fiscalização, e geralmente em meios de locomoção pequenos como a bicicleta, a moto ou o cavalo.

Rana catesbeiana
O seu nome simples é rã-touro. Em inglês diz-se *bullfrog*. É um animal muito musical, porque para além do seu coaxar bem grave, que realmente parece imitar o mugir de um touro, remete-nos sempre para aquele grande *hit* escrito por Hoyt Axton para os Three Dog Night — a canção "Joy To The World," que começa assim: "Jeremiah was a bullfrog/ was a good friend of mine/ I never understood a single word he said/ but i helped him a-drink his wine".

Rei Filipe de França
Filho de Luís VI de França, viveu apenas 15 anos. No dia 13 de outubro de 1131, tendo saído para passear com alguns companheiros pelas ruas de Paris, foi derrubado do cavalo por um porco que corria descontrolado a fugir do mercado. Ao cair, bateu seco numa pedra. Morreu poucas horas mais tarde. E morreu rei. Segundo a tradição que vigorava à época — no tempo da monarquia capetiana — Filipe, filho de Luís, embora na prática fosse príncipe, já havia sido nomeado como parte do governo, e até coroado. Era portanto chamado de *Philippus rex junior*. Segundo crônicas daquele tempo, a morte do jovem rei causou em todos

uma grande dor, especialmente à rainha Adelaide, sua mãe. Para além disso, veio a alterar os destinos do reino, já que afinal quem sucedeu a Luís VI foi Luís VII, o segundo filho, que havia sido educado para uma vida eclesiástica.

Renas esculpidas em marfim
São duas renas nadando juntas, uma atrás da outra, entalhadas na ponta de uma presa de mamute. O objeto foi encontrado em Montastruc, França, na segunda metade do século XIX, e terá sido esculpido durante o final da Era do Gelo, há cerca de 11 mil anos. No tempo em que foi entalhada a peça, de 20 centímetros, renas vagueavam livremente por aquele território, e nadavam nos rios. O ser humano, caçador-coletor, conhecia-as bem. Caçava-as para comer, vestia as suas peles, usava os seus ossos e chifres para criar utensílios. Mas a esta peça específica, hoje guardada no Museu Britânico, foi dada como única utilidade aparente a de ser *representação*. Artística ou ritualística, talvez ambas, a verdade é que esta peça está em tudo relacionada com o começo da imaginação.

Rembrandt van Rijn
Nasce em Leiden, possivelmente em 1606. Pintor, desenhista e gravador, desde cedo é reconhecido pela sociedade holandesa do seu tempo, especialmente como retratista. Por volta 25 anos, já após ter estudado e trabalhado em Leiden, vai viver para Amsterdã. Faz escola. Casa-se com Saskia van Uylenburgh, a quem muito amou e desenhou. Juntos têm quatro filhos: dois rapazes e duas raparigas, ambas chamadas Cornelia. Apenas um dos filhos — Titus — sobrevive à infância. Saskia morre poucos meses após o seu nascimento. Rembrandt entra numa relação com Hendrickje Stoffels. Muito mais tarde, quando Rembrandt já for velho, serão Hendrickje e Titus a apoiá-lo financeiramente. Saskia deixara-lhe

uma considerável fortuna, mas Rembrandt, mesmo nunca tendo saído da Holanda, despendia bastante em arte, em artefatos, em tudo o que pudesse ajudá-lo a trabalhar mais e melhor. Desenha e pinta a vida inteira, sem parar: retratos, mas também paisagens, alegorias, cenas bíblicas e históricas. *A Ronda da Noite* — com o capitão Frans B. Cocq retratado ao centro, e a sua guarda avançando com ele — talvez seja o seu mais famoso quadro. É aí que está a mulher com uma galinha presa ao vestido, uma das mais luminosas das 34 figuras representadas, e a sua luz parece ser gerada por ela mesma. O uso dramático da luz a insistir no meio da escuridão virá a ser a grande marca de Rembrandt. Quando, aos 55 anos, se retrata a si próprio como se fosse São Paulo, lá está a luz a derramar-se do canto superior esquerdo. Não é a primeira vez que Rembrandt pinta o apóstolo cujos símbolos são a espada e o papel. Muito menos é a primeira vez que pinta um autorretrato. Neste autorretrato, apesar da idade avançada, surge-nos um rosto cândido, quase jovem. Fixa o observador como se o chamasse. Rembrandt morre em 1669. Famoso, e na bancarrota. De todos os seus familiares mais próximos, sobrevive-lhe apenas a filha que teve com Hendrickje: Cornelia.

Requeijão e mel
No Livro de Isaías, aquando do anúncio da vinda de um Deus, é dito: "Olhai: a jovem está grávida e vai dar à luz um filho, e há-de pôr-lhe o nome de Emanuel. Ele será alimentado com requeijão e mel até que saiba rejeitar o mal e escolher o bem".

Retratos Fayum
São os primeiros retratos que conhecemos. Encontrados pela primeira vez no Egito, precisamente na zona de Fayum e no final do século XIX, terão sido pintados entre os séculos I e III. Na época habitavam naquela zona os chamados gregos-egípcios. E

estas eram de fato pinturas ao mesmo tempo gregas e egípcias. Gregas no traço, no tema, no vestuário, no rosto praticamente frontal. Egípcias na utilidade, já que, antes de colocarem seus mortos embalsamados nas necrópoles, os egípcios deixavam-nos em casa durante algum tempo, colando às múmias um retrato a fazer de rosto. Pintados sobre o linho ou sobre a madeira, com cera de abelha, são rostos ainda hoje carregados de vida. Olham--nos, trazendo no olhar alguma coisa que já sabem sobre a nossa história, e nós não.

Rômulo

Ele e o irmão Remo eram os filhos de Rea Silvia e do deus Marte. Os dois nascem quando a mãe — filha do rei Numitor — está já subjugada pelo tirano Amúlio, seu tio. Assim que Amúlio soube do nascimento dos gêmeos, mandou prendê-la e que lhe matassem os filhos. Atirados ao rio Tibre, os dois rapazes foram encontrados por uma loba, que os amamentou. Já adultos, regressam para restaurar a glória da família, e ali fundar uma cidade. Segundo conta Plutarco, quando chegou a altura de estabelecerem a localização para tal cidade, e não chegando a acordo, os irmãos resolveram o assunto observando os auspícios dos pássaros. Sentando-se cada um de um lado, esperaram o resultado do augúrio: Rômulo viu doze pássaros; Remo, apenas seis. No fim da vida, conta-se que Rômulo desapareceu num remoinho. É por causa dele o nome de Roma.

Rubicão

Antigo rio que, no tempo da República Romana, separava a Itália da Gália. Na época, os governadores estavam proibidos de o atravessar acompanhados pelas respectivas tropas. Júlio César, governador em 49 a.C., fê-lo de qualquer forma. Começou então a guerra civil que mudou a sua vida para sempre, assim como a de Roma. Inaugurou-se ali também a expressão "atravessar o Rubicão", usada até hoje para descrever uma decisão difícil e sem volta atrás.

Salomé

É a filha de Herodíade e de Herodes Filipe. Este último era irmão de Herodes Antipas, que havia posto João Batista na prisão. Um dia, numa festa, Salomé dançou tão bem que Herodes lhe disse que ela podia pedir-lhe o que quisesse. Quando a rapariga consultou a mãe, esta instigou-a a pedir a cabeça de João Batista numa bandeja. Herodes cumpriu, e à rapariga foi-lhe entregue assim a cabeça, que levou a Herodíade. Embora esta história venha contada em dois Evangelhos — Mateus e Marcos — em nenhum deles aparece escrito que o seu nome é Salomé.

Santo Aleixo

O pai, homem importante, impôs-lhe um casamento arranjado. Aleixo aceitou, mas nessa própria noite partiu, abandonando noiva, pai e mãe. Foi peregrinar para longe e consagrou-se à vida espiritual. Quando, anos mais tarde, regressou a casa — magro, de vestes rasgadas, muito mais iluminado — ninguém o reconheceu. Passou a viver como um mendigo, junto às escadas da casa do pai, e a alimentar-se das migalhas que caíam. Só depois de morto foi reconhecido pela família. Por ser um santo de origem lendária, cuja vida conheceu várias ramificações literárias ao longo dos séculos, esta versão da história é apenas uma das várias possíveis.

Scrimshaw

Forma de gravar desenhos em dentes e ossos das baleias, acima de tudo cachalotes. Os marinheiros faziam-no geralmente enquanto estavam a bordo, como forma de quebrar as horas mortas.

Arte bastante expressiva durante o século XIX, no tempo dos baleeiros norte-americanos e açorianos.

Simão de Cirene
Requisitado por soldados romanos durante a Via Crucis, ajudou Jesus Cristo a carregar a cruz por uma parte do caminho para o Gólgota. Segundo o Evangelho de São Marcos, era pai de dois rapazes: Alexandre e Rufo. Cirene, à época, era uma colônia grega na costa norte de África, onde hoje fica a Líbia.

Siroco
Vento com origem no norte de África. Atravessa o Mediterrâneo e faz-se sentir até ao sul da Europa. Porque traz as poeiras do deserto do Saara, pode deixar certas zonas por onde passa sob um céu alaranjado e espesso durante várias horas ou até dias. Se chover, a água arrisca-se a cair vermelha de pó.

Sofonisba Anguissola
Nasce em Cremona, Itália, por volta de 1535. O nome, dado pelo pai, herda-o da nobre mulher de Cartago que preferiu envenenar-se a ser humilhada. Já o sobrenome da família vem do latim "anguis", víbora. Sofonisba, tal como as irmãs, estuda pintura desde muito cedo, e Bernardino Campi é um dos seus primeiros mestres. Mais tarde, em Roma, aprende com Michelangelo. Todos lhe reconhecem um incomensurável talento, especialmente como retratista. É convidada a dar aulas de pintura à rainha de Espanha, Isabel de Vallois, de quem se torna grande amiga. Durante os anos de corte pinta vários retratos da família real — o retrato de uma rainha com zibelina na mão será, dali em diante, copiado por muitos. Casa primeiro com Fabrizio Pignatelli e, após a morte deste, com o capitão Orazio Lomellino. Nunca para de pintar. Nos anos finais da sua vida é procurada por vários artistas

mais jovens, em busca de conselhos. Em 1620 pinta o último autorretrato. Morre aos 93 anos.

Telêmaco

Filho de Odisseu e Penélope. Conhecemo-lo da *Odisseia*. Começa por ser um rapaz tímido, inseguro, trapalhão na sua vontade de ser adulto. Tem nele uma tristeza quieta. É ausente de pai. Passa muito tempo à procura de Odisseu, e a essa busca chamamos "Telemaquia". No final da viagem, com a deusa Atena sempre de olho nele e a dar-lhe uma mão, Telêmaco está feito um homem. Finalmente, com fé, mestria, e até prudência, é ele quem ajuda o pai a dar cabo de uma boa quantidade de indesejados.

Terafim

Palavra hebraica encontrada na Bíblia, e apenas no plural. Refere-se aos deuses familiares encontrados em várias casas no tempo de Labão. Eram ídolos, esculpidos em formas mais ou menos humanas, alguns em tamanho real, outros em tamanho pequeno. Representavam os espíritos protetores da família e da casa. Eram venerados e cuidados, embora por vezes também pudessem ser usados para adivinhação.

Tirso

Vara envolta em hera e ramos de videira, rematado no topo por uma pinha. É um dos emblemas de Dionísio, o deus grego do frenesim. Ele e os seus seguidores usavam-no para provocar o êxtase e a excitação, embora a vara tivesse também outros empregos possíveis. Conta-nos Nono de Panópolis, na *Dionisíaca*, que Dionísio certa vez enfrentou Palene em luta corpo a corpo. Palene era filha de Sithón, que a amava de uma forma exagerada e possessiva. Dionísio, após vencer o duelo voluptuoso com a rapariga, matou-lhe o pai, cravando nele o seu tirso.

338

Trovisco

Arbusto muito presente em Portugal, nas matas e nos azinhais, geralmente em solos mais rochosos. A sua planta, embora bastante aromática, é tóxica. É por isso que durante muito tempo houve quem a usasse para pescar no rio, espalhando as suas raízes na água para atordoar os peixes, tornando assim muito fácil a sua captura. À pesca com trovisco, que é hoje ilegal, pode chamar-se "entroviscada".

Whistlejacket

O animal pertencia a Charles Watson-Wentworth, marquês de Rockingham, conhecido por todos na sua época como um apaixonado por cavalos. Quase mais até que pelo cargo de primeiro-ministro que viria a ocupar, ainda que brevemente, por duas vezes em Inglaterra. Whistlejacket, um dos seus cavalos, era um alazão de extrema beleza que havia vencido a sua última corrida em 1759, e estava agora retirado. Charles pediu então a George Stubbs — o artista inglês que mais sabia de anatomia equestre — que lhe pintasse o animal. Stubbs já havia pintado outros cavalos para Watson-Wentworth, mas com Whistlejacket ele toma todas as liberdades. Pinta-o numa postura quase sublime, empinado sobre as duas patas traseiras, em posição de levada, sozinho e sem paisagem que o sustente. É um cavalo sobre fundo neutro, não a olhar em frente, mas de lado, para quem o observa. E enquanto grande parte das pinturas equestres da época eram feitas com foco no cavaleiro, Whistlejacket está sozinho, sem ninguém que o segure. É um cavalo livre. A pintura, terminada em cerca de 1762, mede quase 3 metros de altura por 2,5 metros de largura, e encontra-se hoje na sala 34 da National Gallery, em Londres.

William Buckland

Nascido em 1784, apontou a existência dos seres que havíamos de conhecer como dinossauros, publicando o primeiro estudo científico sobre um fóssil dessa espécie: chamou-lhe megalossauro. Era paleontólogo, geólogo, e também teólogo. As conferências do reverendo Buckland costumavam ter muita gente a assistir, já que era conhecido por falar ao público de maneira entusiasmada e teatral. Era famoso também por algumas excentricidades: costumava dizer que aprendera sobre o reino animal *provando* quase todas as espécies, sendo a toupeira o bicho menos saboroso. A maior das suas excentricidades gastronômicas é descrita pelo escritor Augustus Hare: uma vez, ao visitar o Arcebispo de York — um ávido colecionador de *souvenirs* esotéricos — foi mostrado a William Buckland o suposto coração de Luís XVI. Buckland, que nunca antes tinha provado o pedaço de um rei, não se aguentou e comeu-o.

Zimbro
Planta do gênero *Juniperus*. Aos seus cones femininos costuma dar-se o nome de bagas, embora tecnicamente elas sejam pinhas. Nalgumas regiões montanhosas da Europa, o zimbro é utilizado para temperar a caça.

Este livro é para F. Este livro é para a minha família.

Índice das histórias

O siroco	25
Um homem leva a mão ao peito	26
Quarenta mulheres enchem durante um dia inteiro os sacos	27
Um cigano percorre a pé uma estrada de terra	28
Chamam-lhes os habitantes do vulcão	29
Um avião que já iniciou o seu trajeto há mais de oito horas	30
De longe o apicultor observa o comportamento de uma abelha	31
Um rapaz de calções vai subindo a montanha de Ararat	32
O mágico abre o casaco de couro	33
Dois adolescentes equipados com óculos de mergulho e pés de pato	34
A primeira zona da casa a arder	35
Nu, de braços abertos	38
De madrugada, acabada de chegar a casa	39
É filho de pai húngaro e mãe romena	40
Sergei perguntava-se muitas vezes	41
Um batalhão de criados está alinhado	42
Uma girafa espreita	43
No banho, enquanto se lava	44
Com olhos de camponês, Constantin observa	45
Num campo de batalha, no escuro	46
A família está toda reunida na cozinha	47
Sob a réplica estatuária de Davi	49
Um equilibrista	50
Rómulo, sozinho num alto monte	51

Iluminado apenas por uma lâmpada azul 52

Tem aquela coisa no meio dos dentes 53

No rio Amazonas 55

Dois homens atam as pontas 56

Uma mulher, de nome Almah 57

Assobia e fica quieto 58

Tem doze anos 59

Para atrair boa sorte 60

Um guerreiro aqueu 61

Sozinha no pátio 63

Numa aldeia não muito longe 64

Uma labareda de fogo 65

O vigilante do Museu do Ouro 66

Aleixo encosta a curva dorsal 67

Uma menina de sete anos 68

Está acostumado a caminhar 69

Numa tarde de muita chuva 70

Um cachorro preto 71

Em Petra 72

Alfredito, ao vestir-se de manhã 73

Quinze mulheres de Corinto 74

Tem cicatrizes na mão direita 75

Enterrado na areia 77

Uma menina de estrela branca 78

Passou cinco anos a estudar plantas 79

Pepe entra na igreja 80

Uma vaca, para sobreviver 81

César tem as sandálias encharcadas 82

Deitada na cama 83

O sol ainda nem começou a nascer 84

Telêmaco está sentado à mesa 85

Trabalha no circo 86

Uma mulher de camisa púrpura 88

Numa casa há muito tempo abandonada 89

Um asteroide 90

Egon enfia o dedo	91
Durante seis dias uma esposa cozeu o pão	92
Em Londres, no Museu de História Natural	93
Theon sabe que o sol forte	94
Um general, tremendo de frio	96
Haru abre a gaveta da cozinha	97
Debaixo do caramanchão	98
É noite escura	99
Numa das mesinhas redondas	100
No deserto de Bersebá	102
Um quileiro	103
Uma mulher, sem nenhum vestígio de medo	104
O mundo inteiro está coberto de gelo	105
É o mais novo cavaleiro	107
Um zangão	108
Levou um pedaço de durião à boca	109
Com a ajuda de uma espátula	110
Iker entra na Basílica	112
Tem quatro anos	113
Uma lâmpada brilha num lugar escuro	114
Sentada sobre o tapete vermelho	115
Um porco vadio	116
Lídia ata uma corda	117
Alugou um carro só para isto	118
Um inuíte	119
Antes de entrar na fila	120
Um cachecol branco	121
O pai de Aurélia	122
A 2.400 metros de altitude	123
É nadador	124
Três mulheres estão empoleiradas	125
Um grupo de formigas	126
Que o odor preferido de Louis	127
Em Podence	129
Um militar	130

Num ginásio vazio 131
Um feto 132
Em Minsk 133
Uma capivara 134
De mão levantada em forma de juramento 135
Evelyn, que acorda todos os dias a espirrar 136
Uma semente de mostarda 137
Um peregrino 138
Veste uma camisa verde-amêndoa 139
Um melro 141
Esopo, tendo dormido a tarde inteira 142
A casa está toda às escuras 143
Um homem segura outro homem 144
Por entre as colunas do claustro 145
Uma rã-touro 146
Leonardo, já velho 148
Uma mulher a quem alguém um dia chamou Mãe 150
Isabel desenha uma cruz 151
Um homem perde terras 152
Está um monstro sentado 153
De manhã, junto ao Nilo 155
O cavalo do fugaz primeiro-ministro 156
Mercedes passou as últimas duas horas no escritório 157
Uma árvore *Pinus longaeva* 158
Catão, de cabeça baixa 159
Bandos de morcegos 160
Luigi senta-se ao lado de Giuseppe 161
Na hora do recreio 162
Um pescador pisa raminhos de trovisco 163
Todas as manhãs, junto ao relógio 164
Nadav retira o quipá 166
Um guardador de gado 167
Durante uma *acqua alta* 168
Embrenhado na taiga siberiana, um cervo-almiscarado 169
Em criança não sabia bem diferenciar as cores 170

Um homem crava várias vezes a faca 171
Carmen ajeita um pouco para a direita o abacaxi 172
Sofonisba aproveita que é o dia de anos 173
Numa planície portuguesa, longe dos cavalos e dos bois 175
Jonas está sozinho 176
Charlie coça o bigode 177
Eram onze irmãos 178
Quatrocentos quilômetros acima do planeta 180
Anton, por precaução e por respeito 181
Em São Francisco, na Old Clam House 182
Rufo, agora com oito anos 183
Um bonobo macho 184
Numa praia de Cabo Polônio 185
Uma mulher, com o vestido todo molhado 186
Arthur observa uma fotografia 187
Num caminho coberto de neve 188
Dagoberto enfia um punhal 189
É sexta-feira 190
Um barco navega sozinho 191
Nas traseiras do mercado de Uruapan 192
Antes de ir visitá-la 193
Pablo, solitário no quarto 194
Dois dias depois do Natal 195
Uma mulher, cheia de saudade 196
Um leão respira 197
Na época que veio logo depois
     de uma das grandes guerras do mundo 198
A rapariga no quadro 200
No deserto da Califórnia 201
O doutor bate com um martelo 202
Uma pérola branca 203
Dave passa as mãos na argila 204
Enquanto do lado de fora da casa as tropas 205
Um homem está sozinho no riacho 206
Por causa de um vento forte 207

Anna ainda é descendente de Gengis Khan 208
Numa clareira da floresta 210
Gaston abre um pacote de rebuçados 211
Um pastor entra na tenda 212
Elefenor arrasta pelos pés o corpo inerte de Equelopo 213
Uma manada de elefantes 214
O seu irmão mais velho coleciona passarinhos 215
Francesca e Paolo 217
Lá fora chove 218
Na prática é rei há dezesseis anos 219
Um bando de crianças 220
Num ringue boliviano 221
Dentro da cama 222
Yorgos brinca com uma pedra 223
Um gavião-real 224
Um menino de olhos negros 225
Quando está triste, coxeia 226
O guia do museu 227
Numa fábrica nos arredores de Saigon 229
Robert, antes de entrar em palco 230
A avó cura a queimadura 231
Gosta de atirar calhaus às coisas 232
A meio da noite, depois de muitas horas de suor 234
Pelas tatuagens 235
Uma aranha 236
De túnica vermelha sobre os ombros 237
Duas irmãs, uma de onze anos e outra de sete 238
Aiyra abre o fruto do urucum ao meio 239
Como em todos os últimos dias dos últimos meses 240
Antes de sair de casa ata sempre um lenço 241
Em Colônia, na estação de comboios 242
Níobe, dentro da pedra 243
Tem o rosto marcado pelo sol 244
William devia ter uns oito anos 246
A casa está fechada 247

Um passarinho quebra-nozes 248
Rúben atravessa descalço um campo 249
Entrou no lago um pouco antes 250
Trabalha como empregado de balcão numa perfumaria 251
Edwiges sobe as escadas 252
Em Olinda, sob um sol de 39 graus 253
Um relâmpago 254
Edmundo está sozinho à porta da igreja 255
Sem saberem para onde vão 257
Nervoso, Zacarias 258
Coleciona pedras 259
Ludwig, sentado desta vez na frente da mesa 260
Enoque 261
Alexandre está estendido numa maca 262
Um bezerro 263
Vítor põe o boné amarelo 264
Adelaide, que é estrangeira 265
Na oficina, ao fim de um dia 266
Uma lebre 267
Alon, com a testa toda suada 268
Perante a grandiosidade do dia inteiro 269
Nove homens velhos 270
Uma rosa-albardeira 271

Sobre a autora

Matilde Campilho nasceu em Lisboa, em 1982. Em 2014 publicou em Portugal *Jóquei*, um livro de poemas, editado um ano mais tarde no Brasil por esta editora. Tem vindo a escrever para várias publicações portuguesas e internacionais. É coautora e locutora de um programa de rádio semanal, o "Pingue Pongue". Vive em Lisboa.

ESTE LIVRO FOI COMPOSTO EM
SABON, PELA FRANCIOSI & MALTA,
COM CTP E IMPRESSÃO DA EDIÇÕES
LOYOLA EM PAPEL CHAMBRIL AVENA
70 G/M² DA SYLVAMO PARA A
EDITORA 34, EM NOVEMBRO DE 2024.